KB032934

읽는
기쁨

읽는
기쁨

내 책꽂이에서 |||||||||||||\|||||||||
|||||||||||||\||||||||| 당신 책꽂이로
				보내고 싶은								/											
	|																																	
								/									책				//						|

편성준 지음

몽스북
mons

‡ 일러두기
- 단편집, 장편 소설, 에세이집, 시집 등의 단행본은 『』로 표기했습니다.
- 단행본에 실린 각각의 에세이와 단편 소설, 시는 「」로 표기했습니다.
- 드라마·영화·연극의 제목은 〈 〉로, 노래 제목은 ' '로 표기했습니다.
- 잡지는 《 》로 표기했습니다.

목차

프롤로그

당신에게 꼭 소개하고 싶은 책만 골랐습니다

*

분명 책장에 있다고 생각했는데 찾아보면 없는 경우가 늘었습니다. 아끼던 책이 자꾸 없어지는 이유는 제가 참지 못하고 누군가에게 "이 책 너무 좋아" 하고 너스레를 떨다가 결국은 빌려주기 때문이었죠. 책 빌려 간 사람 중 다시 돌려주는 사람이 별로 없다는 걸 알면서도 이러는 건 고질병 수준입니다. 그래서 내가 정말 친구들에게 빌려주고 싶은 책들에 대해 책으로 써보자는 생각을 했습니다. 저만 읽을 수 있는 희귀본 자랑이 아니라 서점에 가면 언제든지 구할 수 있는 책들 위주로 썼습니다. 그런데 그게 모두 편성준 한 사람의 주관에 의해서입니다. 남들이 꼽는 명작이나 베스트셀러, 다 소용없습니다. 범위가 편파적이더라도 제가 진심으로 좋았던, 그래서 버릴 수 없었던 책만 고르기로 했습니다. 출판사 몽스북에 가서 기획 회의를 하면서 그래도 구색 맞추기로 인문학이나 철학 서적을 좀 넣을까 하다가 그렇지 않기로 했습니다. 그런 책을 안 읽는 건 아니지만 리뷰를 쓰거나 거품 물고 추천하는 일은 거의 없으니까요. 제가 좋아하는 책은 소설이나 시, 에세이처럼 '거짓말을 통해 진실을 얘기하는' 스토리텔링을 기본으로 깔고 있는 글들이었습니다.

책이 많이 팔리지 않는 시대입니다. 책을 읽을 시간이 좀처럼 나지 않고 책 외에 눈을 돌릴 곳이 많은 시대라 더욱 그렇습니다. 저만 해도 아침에 눈을 뜨면 스마트폰부터 켜니까요. 그래도 책을 읽는 사람은 또 언제나 있죠. 다만 일 년 365일 매일 책을 읽거나 일 년에 300권 넘게 책만 읽는 사람은 약간 지겹거나 심지어 무섭습니다. 그래서 생각했습니다. '누군가 정말 아끼는 책의 리스트를 공개하면 좋겠다.' 그러다가 제 책장부터 공개하면 어떨까 하는 아이디어가 떠올랐습니다.

사실 읽을 만한 책들은 시중에 나온 독서 관련 책만 잠깐 들춰봐도 부지기수로 나옵니다. 하지만 그런 독서 목록도 시간이 있을 때 천천히 읽어야 눈에 들어오지, 마음이 급할 땐 오히려 아무것도 보이지 않습니다. 그리고 처한 상황과 기분에 따라 읽고 싶은 책이 달라지기도 하죠. 한가한 일요일 아침엔 가벼운 에세이를 펼치고 싶어지고, 뭔가 좀 심란할 때는 몰입감 뛰어난 추리 소설이나 SF

가 당기기도 합니다. 저도 그렇기에 추천하는 책들이 점점 늘어나더군요. 너무 많은 건 안 하는 것보다 못합니다. 그래서 딱 51권으로 줄였습니다.

51권만 추천한다고 주장하고 있지만 사실 이건 거짓말입니다. 책이라는 건 당연히 꼬리에 꼬리를 물게 되어 있거든요. 책 한 권을 얘기하다 보면 그 작가가 쓴 다른 책을 얘기하게 되고 그 책과 관련 있는 다른 좋은 책을 소개하게 되어 있습니다. 저는 이런 '연상 작용'을 굳이 피하지 않았습니다. 어디서나 미끼 상품은 필요합니다. 제가 쓴 책 소개 글을 읽다 보면 반드시 당신의 구미를 당기는 다른 책이 나올 겁니다. 저는 그것도 이 책의 성공이라고 생각합니다. 제가 책을 쓴 이유는 무슨 책을 읽어야 할지 모르는 사람이 아니라 너무 많은 책 중에서 '취향과 상황에 맞는 책'을 찾게 도와드리는 내비게이션이 되고 싶어서였으니까요. 한 가지 자신할 수 있는 건 적어도 제가 추천한 책을 읽고 후회하는 일은 없을 것입니다. 제가 읽고 좋지 않았던 책이나 의무감에 추천하는 책은 한 권도 없으니까요. 그런 면에서 이 글들은 모두 진심입니다.

책의 내용이 너무 좋아 자세히 소개한답시고 책 길이만큼 길게 쓰는 사람들이 있습니다. 그런 글은 읽는 사람을 배려하지 않고 자신의 흥에 취한 경우입니다. 저는 그 책을 읽어야 할 이유와 핵심 메시지만 간단하게 전해야 독자를 포섭할 수 있다고 생각했기에 원고의 길이도 꼭지마다 다 다릅니다. 별로 할 얘기도 없는데 규격에 맞추느라 길게 늘인 글만큼 읽기 싫은 텍스트도 없으니까요.

마지막으로, 이 책은 서재에 남겨두지 않으셔도 좋습니다. 그러나 제가 추천한 책들은 당신의 서재에 꽂혀 읽힌다면 좋겠습니다. 아, 그 책들 사이에 제 책이 놓인다면 정말 기쁠 테지만 말입니다.

2024년 5월
편성준 드림.

세상에 치이고 사람이 싫어 눈물이 날 것 같던 날,
오랜 친구처럼 찾아와 담담히 자신의 이야기를
들려주는 책들이 있었다.

이 책에 끌린 이유는 따로 있다

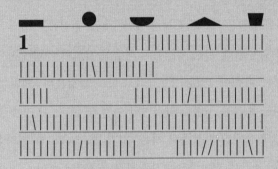

황정은 『일기』

얀 마텔 『포르투갈의 높은 산』

레이먼드 카버 「별것 아니지만 도움이 되는」

이 책에 끌린 이유는 따로 있었다

황정은의 『일기』(창비, 2021)

•

작가들이 뽑은 '그 해에 가장 잘 쓴 소설'에 연거푸 선정될 정도로 소설을 잘 쓰는 황정은의 작품을 꼽으며 기껏 에세이라니 하는 마음이 들었지만, 그리고 나는 황정은의 『백의 그림자』라는 소설을 무척 좋아하지만 어쩔 수 없다. 내 마음을 가장 크게 움직인 황정은의 책은 『일기』였으니까. 작가 자신도 에세이집을 낼 것이라고는 생각하지 못했다고 하니 그에게 에세이를 써보라고 제안한 사람이 고마워진다.

『일기』는 황 작가가 경기 파주로 이사한 뒤 코로나19 팬데믹을 맞은 상황에서 시작된다. 코로나19 확진자들의 동선이 밝혀지는 뉴스를 보고 들으며 집에서만 머물던 황정은은 자신이 선이 아니라 점처럼 존재했다고 자조하면서도 모르는 사람을 위해 헌신하는 사람들의 노력에 감동한다. 누군가의 애쓰는 삶이 멀리 떨어진 누군가를 구한다는 것이다. 2020년 4월 코로나19 상황을 보내는 그가 경의중앙선의 새벽 다섯 시 이십팔 분에 누군가를 위해 애쓰는 사람들을 생각하는 것도 그런 이유에서다. "나의 무사함은 누군가의 분투를 대가로 치르고 받는 것이라는 생각을 가끔 한다"라고 그는 쓴다.

하지만 내가 이 책에 끌린 것은 친부모와 더 이상 가깝게 지내지 않는다는 황정은에게 "그래도 가족인데"라고 던진 누군가의 말을 듣고 침착하게 "그래요. 그게 무슨 말인지 나도 압니다"라고 대답한 구절 때문이었다. 의절을 당한 작가의 부모는 지금도 자식들이 자신들의 분노와 불행에 휩쓸리기를 바라고 있지만 황정은과 그 자매들은 온몸으로 그걸 거부하고 있다. 여기서 "그래도 부모이고 가족인데"라는 말은 아무런 입장이 될 수 없고, 그것은 의견도 생각도 마음도 아니라고 여긴다는 황정은의 태도는 중요하고도 의미심장하다. 누군가를 죽음으로 등 떠밀 수도 있는 그런 말은 상투적이라 해롭다는 것이다.

아울러 황정은은 자신이 과거에 일하던 일터에서 부모의 폭력을 피하느라 주민등록이 말소된 상태에서 지내야 했던 여성들의 이야기를 들려준다. 주민센터만 방문해도 자식이 사는

17

곳을 간단히 알아낼 수 있기 때문에 그렇게 사는 것인데, 그런 약점을 이용해 월급을 적게 주고 퇴직금도 챙겨주지 않는 고용주들의 행태는 더 치사하고 잔인하다. 물론 작가가 일곱 살 때 나이 많은 사촌에게 당했던 성폭력 경험은 더 기가 막히고 화가 난다.

이 책에 그렇게 심각한 얘기만 있는 것은 아니다. 오랫동안 양쪽 맞추기로 글을 쓰다가 왼쪽 맞추기로 쓰는 방법을 바꾸어 본 이야기라든지, 책을 너무 아껴서 마음에 드는 문장이 실린 페이지를 표시하려 포스트잇 플래그를 사용하던 황정은이 지금은 페이지마다 연필로 줄을 박박 그으면서 '나는 전에 이걸 참을 수 없었지'라고 생각하는 귀여운 장면도 수두룩하다. 이런 건 소설에서는 좀처럼 읽을 수 없는 작가의 세세한 면 아닌가. 그러니 어서 이 책을 사서 읽으시기 바란다. 이 에세이집을 읽고 나면 그가 쓴 『百의 그림자』나 『연년세세』 같은 소설이 읽고 싶어질 것이다. 무엇보다 마지막 장을 덮고 나면 '너의 잘못이 아니야'라고 다독여 주는 황정은 작가의 목소리가 들릴 것이다. 나는 그 목소리에 많은 위로를 받았는데 아마 당신도 그럴 것이다. 우리에겐 늘 위로가 필요하니까.

침팬지 한 마리가 주는 뜻밖의 위로

얀 마텔의 『포르투갈의 높은 산』(작가정신, 2021)

●

아내와 함께 진행하는 '소행성 책 쓰기 워크숍'이 배출한 작가 중 최은숙 선생이라고 있다. 그는 인권위원회에서 일하며 만난 수많은 사람의 억울한 사연들을 가지고 있었는데 우리와 함께 쓰던 그 이야기를 '우린 조금 슬프고 귀여운 존재'라는 제목으로 브런치북에 응모해 브런치 대상을 받았다. 그 원고는 창비에서 제목을 바꾼 뒤 『어떤 호소의 말들』이라는 책으로 나와 베스트셀러가 되었다. 책을 낸 뒤 인기 강사라는 '부캐'까지 갖게 된 최은숙 작가의 브런치 작가명은 '최오도'인데, 이런 이름을 붙인 건 그가 얀 마텔의 소설 『포르투갈의 높은 산』을 감명 깊게 읽었기 때문이다. 거기 나오는 침팬지 이름이 '오도'다. 최 작가는 비록 말은 못 하지만 분명히 영장류라 다른 동물들보다 지능은 높고 알고 보면 인간보다 더 풍성한 삶을 누리는 오도가 부러워 그의 이름을 빌렸다고 한다.

사실 나는 『포르투갈의 높은 산』의 1부에 나오는 '뒤로 걷는 남자' 이야기에 먼저 흘렸다. 일주일 만에 아버지와 아내, 아들을 모두 잃은 토마스는 자신에게 말도 안 되는 불행을 선물한 신에게 대항하는 의미로 그때부터 뒤로 걷기 시작한다. 태어난 이후로 줄곧 앞으로만 걸었던 나는 단지 뒤로 걷는다는 설정 하나만으로도 얀 마텔이라는 작가가 얼마나 메타포에 능한 사람인지 알 것 같았다. 뒤로 걷는 남자 토마스가 신을 향한 복수를 다짐하며 '포르투갈의 높은 산'이라는 결코 높지 않은 곳으로 먼 길을 떠난 1부 「집을 잃다」는 병리학자에게 죽은 남편의 시신을 가져와 부검을 의뢰하는 노파 이야기인 2부 「집으로」 그리고 문제의 침팬지가 등장하는 3부 「집」으로 이어진다. 각각 시대적 배경이 다른데도 1, 2, 3부가 자연스럽게 이어지는 건 소설가의 탁월한 역량 덕분이다.

캐나다의 상원 의원 피터는 40년간 함께해 온 아내와 사별했다. 한때는 자신의 전부였던 것들을 잃은 피터는 모든 것을 정리하고 포르투갈 북동부의 투이젤루로 찾아간다. 거기 가기 전 오클라호마 출장 중에 동물원에 갔다가 문이 닫혀 있는 바람에 유인원 연구소에 가게 되는데 거기서 수컷 침팬지 오도를 만난다. 그는 무엇에 홀린 듯 많은 돈을 내고 오도를 산다.

말은 통하지 않지만 오도는 어떤 면에서는 인간 친구들보다 나았다. 예를 들어 과거의 망령에서 벗어나지 못하고 미래에 대한 불안감에 떠는 피터와 달리 오도는 순간에 집중하고 본능과 욕구에만 충실한 떳떳한 삶을 사는 식이다. 오도의 직관적인 생활 태도에 반한 피터는 어느 순간부터 경박한 시간 개념을 버리고 오도처럼 바닥에서 주저앉아 생활해 보았다. 수납과 정리도 오도 식으로 바꾸었다. 훨씬 좋았다. 아무것도 하지 않는 건 정말 기분 좋은 일이었다. 오도를 만난 뒤 무엇에 쫓기는 일 없이 하루하루를 느리고 충만하게 살아가던 피터는 어느 햇볕이 따뜻한 날 오도의 팔에 안겨 평화롭게 죽는다.

물론 당신이 슬프다고 뒤로 걷거나 침팬지 품에 안겨 죽을 필요는 없다. 다만 이 소설은 매일 허덕거리며 하루하루를 살아가는 우리들에게 '어떻게 살아야 할까'라는 화두에 대한 답의 힌트를 살짝 알려준다는 점에서 권하고 싶은 책이다. 얀 마텔은 이안 감독이 동명의 영화로 만들었던 슈퍼 베스트셀러 『파이 이야기』로 유명하지만 그가 캐나다 수상에게 2주에 한 번씩 보낸 101통의 편지로 이루어진 책『각하, 문학을 읽으십시오』역시 훌륭하다. 위정자에게 정기적으로 읽을 책을 큐레이션 해주는 문학가라니, 너무 멋지지 않나. 『밤의 도서관』을 쓴 작가 알베르토 망구엘은 "소설이라는 예술이 죽어간다고 생각하는 사람이 있다면 얀 마텔의 소설을 읽어보라"라고 했다. 나도 같은 생각이다. 재미도 있고 의미도 있는 소설이 여기 있다.

따뜻한 빵 한 조각이 사람을 살린다

레이먼드 카버의 「별것 아닌 것 같지만, 도움이 되는」
(『대성당』 문학동네, 2014)

●

당신이 읽은 단편 소설 중 뒷맛이 가장 개운하고 감동적이었던 작품을 하나만 대라고 하면 나는 레이먼드 카버의 「별것 아닌 것 같지만, 도움이 되는」이라는 작품을 꼽겠다. 처음 펼쳤을 때 너무 좋아 앉은자리에서 내리 두 번을 읽은 기억이 아직도 생생하다. 이야기는 간단하다. 스코티라는 남자아이의 여덟 살 생일을 맞아 그의 부모는 쇼핑몰 빵집에 케이크를 주문한다. 그런데 월요일에 교통사고가 난다. 발을 헛디딘 아이가 뺑소니 자동차에 치인 것이다. 멀쩡해 보이다가 바로 혼수상태에 빠진 아이는 이틀 후인 수요일까지 깨어나지 못하고 결국 사망한다. 그때 빵집 주인이 전화를 걸어 퉁명스런 목소리로 "스코티는 잊은 건가요"라고 묻는다. 왜 주문한 빵을 찾아가지 않느냐는 힐난이다.

분노한 부모는 차를 몰고 빵집으로 가서 욕을 하며 아이가 죽었음을 알린다. 사연을 듣고 미안해진 빵집 주인은 의자를 가져오더니 두 사람에게 좀 앉으라고 말한다. "당신을 죽이고 싶어요"라고 분노를 표출하는 스코티의 엄마에게 자기는 아이가 없는 사람이라 당신들의 슬픔을 다 이해하지는 못하지만 미안하다고, 정말 몰라서 그런 것이었다고 진심으로 사과한다. 그러면서 그동안 아무것도 먹지 못했을 그들에게 빵과 커피를 건네며 말한다. "갓 구운 롤빵이라도 드셨으면 하는데. 이럴 땐 먹는 게 별건 아닌 것 같지만 도움이 되거든요."

커피를 마시고 롤빵을 먹기 시작하자 엄마는 갑자기 허기를 느낀다. 그가 준 빵은 달콤하고 향기로웠다. 그녀는 롤빵을 세 개나 먹는다. 그리고 차츰 마음을 가라앉히고 빵집 주인과 이야기를 시작한다. 빵집 주인으로 사는 외로움에 대하여, 중년 이후 찾아오는 자신에 대한 의심과 한계에 대해 이야기하는 사장과 아이를 잃은 부모의 이야기는 밤새 계속되고 이른 아침이 되어도 그들은 빵집을 나서지 않는다.

이 짧은 이야기에 내가 그토록 매료된 이유는 뭘까. 누구에게나 불행은 일어날 수 있다. 그런데 그 불행은 다 제각각의 고유한 슬픔이라서 당사자가 아닌 다른 사람의 적당한 언어나 돈으로는 절대 위로할 수 없다. 레이먼드 카버는 이런 인간사의 속성을 정확히 꿰뚫고 거기에 '갓 구운 롤빵'을 조심스럽게 올린다. 아무리 큰 불행이라도 결국은 누군가의 선의에 의해 조금씩 옅어지고 결국은 기운을 차리도록 해준다는 희망을 사소한 롤빵을 통해 전해 주는 것이다. 레이먼드 카버 또한 오랜 시간 알코올 중독과 가정불화라는 불행을 경험한 사람이다. 하지만 그는 인간에 대한 희망을 버리지 않았고 꾸준한 노력과 천재성을 통해 결국 미국 단편 소설의 대가가 되었다. "멋지다고 생각하는 문장은 모두 버려라"라고 외쳤다는 그의 말대로 소설은 평범하고 짧은 문장들로 이루어져 있다. 하지만 다 읽고 나면 당신도 다친 마음을 위로해 주었던 누군가를 떠올리며 기이한 감동에 젖게 될 것이다.

이 소설의 원제는 'A Small Good Thing'이다. 원제보다 번역한 게 더 친절하고 정확한 것 같다. 이래저래 좋은 소설이다. 문학동네에서 나온 『대성당』에 수록되어 있다. 아, 이 책엔 부작용이 하나 있다. 소설을 읽고 나면 새벽이든 한밤중이든 가리지 않고 따뜻한 빵이 간절하게 먹고 싶어진다는 것이다. 공복 상태에서는 절대 읽으시지 않길 바란다.

유머 중에 가장 좋은 유머는
'자기 비하 유머'라고 생각한다.
자조적인 유머는 아무도 해치지 않는다.
그러면서 인생을 견디게 하는
힘을 준다. 이 책들이 그렇다.

너무 웃기는데 살짝 눈물도 나는

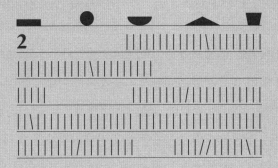

정지아 「문학박사 정지아의 집」

니노미야 토모코 『음주가무 연구소』

어니스트 헤밍웨이 『깨끗하고 밝은 곳』

소설가의 위악으로 빚어낸 찰진 유머

정지아의 「문학박사 정지아의 집」
(『자본주의의 적』 창비, 2021)

●

서울 대학로 샘터파랑새극장에서 오은 시인이 사회를 보는 정지아 작가의 북 토크에 간 적이 있다. 정 작가는 『아버지의 해방일지』가 많이 팔리는 바람에 서울에 와서 이렇게 북 토크까지 하게 되었다며 웃었다. 이십 대에 『빨치산의 딸』이라는 책을 써서 한동안 수배자 생활을 했던 정지아 작가는 그 사회주의자 아버지와 어머니의 이야기인 『아버지의 해방일지』로 사람들을 웃기고 울렸고, 소설은 40만 부가 넘게 팔리며 화제작이 되었다. 소설은 노래 가사처럼 '웃고 있어도 눈물이 나는' 스토리텔링의 정수였다.

정 작가는 북 토크에서 단편집 『자본주의의 적』 이야기를 하면서 "고양이 이름이 그냥이, 저냥이였는데, 이제라도 좀 자본주의적으로 살아야겠다는 생각에 그다음 배는 구글이와 애플이라고 지었다"라고 해서 사람들을 웃겼다. 아내와 나는 우리가 키우는 고양이 순자가 정지아 작가가 기르는 고양이 애플이와 구글이의 새끼임을 핑계로 정지아 작가에게 전남 구례의 집으로 한번 놀러 가고 싶다 청했고, 정 작가가 흔쾌히 허락하는 바람에 몇 달 후 구례로 내려가 함께 술을 마셨다. 『자본주의의 적』에 실린 「문학박사 정지아의 집」에 나오는 바로 그 집 말이다.

"X됐다"로 시작하는 「문학박사 정지아의 집」은 일단 너무나 웃긴다. 서울에 사는 문인 동료인 시인이 영화 하는 백 피디를 데려와 술을 마신 적이 있는데 그때 백 피디가 대학을 다니지 않은 사실이 우연히 밝혀지자 그걸 농담의 소재로 사용했던 것이다. 정 작가가 술김에 "어디 감히 고졸이, 문학박사 앞에서!"라고 위악을 떨었고 새벽 다섯 시쯤엔 백 피디도 "죄송합니다. 감히 고졸이 한 말씀 드리자면……" 하는 식으로 맞장구를 치기에 이르렀던 것이다. 그런데 놀라 자빠질 일은 다음 날 일어났다. 동네 입구에 급조한 듯 조잡한 입간판이 세워졌는데 이렇게 적혀 있었던 것이다. 문학박사 정지아의 집.

소설은 졸지에 문학박사라는 게 밝혀진 정지아 작가가 서울서 인터뷰를 하러 내려오는 기자들에게 자신의 '잘 가꾸어진' 텃밭을 보여주기 위해 마을 할머니를 매수하는 이야기다. 그녀의 전화기에 '입 무거운 여인'으로 저장된 송 씨 아주머니가 텃밭을 가꾸는 동안 자신은 죄책감을 잊기 위해 방에서 문학창작과 제자가 사다 준 킹 조지 5세를 개봉해 마시고…… 술을 좋아하는 작가에게 일어날 수 있는 에피소드들이 사실과 상상력이라는 두 개의 날개를 달고 구례의 하늘을 나는 기분이다. 표제작 「자본주의의 적」도 재밌지만 개인적으로는 이 소설이 최고다. 나는 유머 중 '자기 비하 유머'가 최고라고 생각하는데 이 소설이 그런 콘셉트로는 아주 딱이다. 아울러 정지아 작가의 에세이집 『마시지 않을 수 없는 밤이니까요』도 꼭 읽어보시기 바란다. 이 책은 맨 앞에 나오는 지리산 대피소 얘기부터 빵 터진다. 알고 보면 슬픈 이야기인데도 정지아 작가가 손을 대면 유머가 한 스푼 담겨 웃지 않을 수가 없다. 빨치산의 딸이자 문학박사인 작가의 공력이란 이런 것이다.

큰 위로를 주는 일본 만화가의 자기 비하 유머

니노미야 토모코의 『음주가무연구소』(애니북스, 2008)

●

내가 제일 좋아하는 만화책 중 하나가 니노미야 토모코의 『음주가무연구소』다. 만화는 주인공이 제법 멀쩡한 얼굴로 나타나 "안녕하세요. 만화가 겸 술주정뱅이이자 음주가무연구소장 니노미야 토모코입니다"라고 도도하게 자기소개를 하는 것으로 시작한다. 그러나 결국엔 머리카락을 질끈 묶고 책상 앞에 앉아 콧구멍을 파고 있는 작가의 모습은 창작 스트레스 때문에 괴로워하는 '찌질이'의 모습 그대로였다. 그는 아이디어가 안 풀릴 때마다 술에 매달린다. 아니, 사실은 술 잘 마시는 집안에서 태어나 자연스럽게 술꾼이 되었고, 결국은 '음주가무연구소'라는 간판까지 내건 것이다. 만화 문하생 모리혜는 졸지에 그 연구소의 연구원으로 둔갑해 눈만 뜨면 함께 술을 마신다.

연구소의 주 종목이 술과 해프닝이니 음주를 일삼을 수밖에 없는데 그러다 보니 숙취의 폐해가 너무 심각하다. 억장으로 취해 다음 날 눈을 떠보면 집 안에 자신 말고도 왜 열다섯 명이나 더 자고 있는지 알 수 없는 경우도 있고, 술에 취해 술집 손님들끼리 서로의 젖꼭지를 보여주는 추태를 부리기도 한다. 술에 취하면 집까지 오는 길이 너무 멀어 길에서 잠드는 경우도 있는데 다시는 길거리에서 자지 말자고 다짐한 날엔 핸드백이 없어진 걸 알게 되어 괴롭다. 연구원 모리혜도 술을 마시는 건지 일을 하는 건지 모르겠다고 매일 투덜대지만 저녁에 "한잔하러 갈까"라고 소장이 한마디만 하면 어느덧 술집에 가 앉아 있는 자신을 발견하게 되는 것이다.

작가는 자신만 망가지지 않는다. 술에 취해 찍은 누군가의 '헤어누드' 사진의 존재를 밝히기도 하고 자신의 동료 만화가와 조수, 가족, 남편까지 모두 음주 만화에 등장시켜 죄다 망가뜨린다. 물론 자신도 한심한 모습으로 그린다. "술을 마시지 않았다면 빨간 아우디를 타는 귀부인이 되었을지도 몰라"라고 말하면 그걸 듣고 있던 모리혜가 "외국 출장 가서도 목도(木刀)나 이소룡 사진을 사 오는 사람이 그럴 리가 있겠어요"라고 비웃는 식이다.

다행히 니노미야 토모코는 이 만화를 그리고 몇 년 후 『노다메 칸타빌레』를 대히트시키는 바람에 돈방석에 앉았다. 술을 마시고도 성공한 케이스를 보여준 것이다.

『노다메 칸타빌레』 같은 엄청난 히트작을 그린 뛰어난 만화가이면서도 이렇게 술에 취해 허우적대는 자조적 유머를 선보이는 작가가 고마웠다. 같은 술꾼 입장에서 마음이 푸근해지지 않을 도리가 없는 것이다.

술이나 음식 이야기는 일본 드라마의 단골 소재이기도 하다. 얼마 전 우리나라에서도 『술꾼도시처녀들』이라는 작품이 화제이기에 재밌게 보다가 다시 이 만화책이 생각나서 불현듯 책꽂이를 뒤져보았으나 역시 집에 없었다. 또 못 참고 누군가에게 빌려준 것이다. 이런 고질병의 후유증은 급하게 다시 보고 싶은 책일수록 집에 남아 있지 않은 경우가 대부분이라는 것이다. 할 수 없이 대학로에 있는 중고 서점 알라딘에 가서 또 샀다. 비닐 포장이 되어 있어서 새 책인가 하고 뜯어보니 2010년에 선배 언니가 후배 생일 축하 선물로 주며 '술은 적당히 마시고'라는 문구까지 귀엽게 쓰여 있는 중고품이었다. 주당들 중에는 남성보다 여성들이 더 술이 센 경우가 많다. 일본 소설가 가네시로 가즈키의 말대로 "아세트알데히드 분해 효소가 더 많은" 것이다. 앞 장의 메모 말고는 책이 깨끗한 걸로

봐서 그 후배는 이 책보다 술이나 술집을 더 좋아했던 것 같다. (그래도 중고 서점에 팔 때는 선물한 분의 메모는 떼어내고 파는 센스를 가집시다.)

누구나 가슴속에 허무를 품고 사니까

어니스트 헤밍웨이의 『깨끗하고 밝은 곳』(민음사, 2016)

●

전남 나주로 여행을 갔다가 들른 광주 송정시장 안의 작은 서
점에서 어니스트 헤밍웨이의 단편집 『깨끗하고 밝은 곳』을 샀
다. 일단 책이 작고 예뻐서 샀고 헤밍웨이의 작품을 최신 번역
으로 읽어보고 싶은 마음도 좀 있었다. 예전 번역이 꼭 나쁘다
는 건 아니지만 그래도 저작권 개념이 생긴 이후의 번역은 뭔
가 좀 다르다. 민음사가 만든 이 책에는 표제작과 함께 「살인
자들」, 「병사의 집」, 「킬리만자로의 눈」, 「프랜시스 매코머의
짧지만 행복한 생애」 등이 실려 있고 맨 앞엔 '글을 쓴다는 건
언제나 고독한 일'이라는 어니스트 헤밍웨이의 노벨 문학상
수상 연설문도 실려 있다.

　표제작 「깨끗하고 밝은 곳」은 8쪽짜리 짧은 소설인데, 늦
은 밤 카페에서 술을 마시는 귀머거리 노인과 그의 시중을 드

는 웨이터 두 명이 그려낸 이야기다. 지난주에 자살을 하려다 실패한 것으로 알려진 노인은 오늘도 늦게까지 카페에 남아 브랜디를 마신다. 웨이터들이 주고받는 대화에 의하면 돈도 많은 노인이 자살하려 한 이유는 '아무것도 아닌 일' 때문이었다고 한다. 늦게까지 버티고 있는 노인 때문에 일찍 들어가지 못한다고 생각한 젊은 웨이터는 그에게 다가가 브랜디를 따라주며 "영감님은 지난주에 죽는 게 나을 뻔했어요"라고 농담처럼 말한다. 그러나 듣지 못하는 노인은 그저 브랜디를 마실 뿐이다.

브랜디를 다 마신 노인은 "비틀거렸지만 어딘가 품위가 있어 보이"는 모습으로 돌아갔고 조급한 웨이터가 집으로 돌아가고 싶어 하자 나이 많은 웨이터가 혼자 뒷정리를 하겠다며 가게를 정리하면서 말한다. "나는 늦게까지 카페에 남아 있고 싶어. 잠들고 싶어 하지 않는 모든 사람과 함께. 밤에 불빛이 필요한 모든 사람과 함께 말이야." 그게 무슨 엉뚱한 소리냐며 난 집에 돌아가고 싶다고 말하던 조급한 웨이터는 퇴근을 하고, 나이 많은 웨이터는 문을 닫으며 자신이 매일 밤 가게를 닫을 때마다 약간 망설이는 이유가 뭘까 생각한다. 어쩌면 이시간에도 카페가 필요한 누군가 있을지도 모른다는 생각이 들기 때문 아닐까.

그는 아까 그 노인을 생각하며 "하늘에 계신 우리 아버지, 이름을 거룩하게 하옵시며……"로 시작하는 주기도문에 신이나 아버지 대신 '허무'라는 뜻의 스페인어 '나다'를 넣어 읊조려 본다. 그리고 늦은 퇴근길에 들른 바에서 뭘 드시겠느냐고 묻는 바텐더에게 "나다를 주게"라고 말함으로써 "여기 미친놈이 또 하나 있군"이란 농담 섞인 핀잔을 듣는다. '마지막으로 들른 바도 깨끗하고 불빛이 밝은 카페였다면 더 좋았을 것'이라 생각하는 웨이터. 어쩌면 그는 헤밍웨이 자신이었는지도 모른다. 아주 깊은 밤에도 자신이 허무에 젖지 않도록 옆에서 환하게 불을 밝혀주는 사람들이 있었으면 하고 바라는 웨이터의 마음에서 소설가의 모습이 언뜻 비쳤기 때문이다. 그래서 이 소설의 제목도 깨끗하고 밝은 곳(A Clean, Well-Lighted Place)이 된 것이라고 생각한다.

「살인자들」은 암살자들이 찾아왔는데도 아무 데도 갈 곳이 없어 그대로 집에 머물고 있는 전 헤비급 권투 챔피언의 이야기를 다룬 소설이고, 「킬리만자로의 눈」은 어렸을 때 고레고리펙 주연의 영화로 봤던 작품이다. 그런데 이렇게 책으로 찬찬히 읽으니 마지막에 주인공이 죽는 장면만 빼놓고 완전히 헤밍웨이 자신의 이야기나 다름없다. 「프랜시스 매코머의 짧지만 행복한 생애」도 너무 현대적이고 좋으니 놓치지 마시기 바란다.

일본의 유명 작가 무라카미 하루키는 헤밍웨이의 동명 작품을 따서 『여자 없는 남자들』이란 책을 냈었다. 아마도 존경하는 선배 소설가에 대한 오마주로 이런 제목을 지었을 것이다. 소설가, 저널리스트, 모험가로 멋진 삶을 누리다 간 헤밍웨이가 부러워진다. 하지만 이런 멋진 남자도 주기도문에 자조적으로 '허무'라는 단어를 집어넣은 걸 보면 왠지 마음이 놓인다. 세상 사람들은 모두 공평하게 불행하고 인생은 대체로 허무하다는 걸 다시 확인할 수 있어서 그런가 보다. 가슴이 허하지 않은 사람이 굳이 이 책을 읽을 필요가 없겠지만 세상에 그런 결핍 하나 없는 사람이 어디 있겠나. 21세기에도 이 책이 널리 사랑받는 이유다.

재미있는 책을 읽을 때는
페이지 줄어드는 게 아깝다.
OTT가 아무리 재밌어도
책으로 읽는 즐거움을
100% 대체하진 못할 것이다.

밤새워 읽은 책이 뭐였어

김탁환 『노서아 가비』

김언수 『뜨거운 피』

스티븐 킹 『빌리 서머스 1,2』

조선 최초 바리스타이자 사랑스러운 여성 사기꾼

김탁환의 『노서아 가비』(살림출판사, 2009)

●

김탁환 작가는 조선 정조 시대의 실학자들이 등장하는 '백탑
파 시리즈'를 이십여 년째 쓰고 있는 역사 소설가다. 이순신이
나 황진이가 등장하는 TV 드라마의 원작자로도 유명하다. 하
지만 김탁환은 역사 소설에만 머물지 않았다. 세월호 참사와
메르스 사태를 다룬 사회파 소설 『거짓말이다』와 『살아야겠
다』는 소설가의 사회적 책무란 무엇인가를 다시 한번 생각하
게 하는 역작이었다. 나는 김탁환 작가와 약간의 친분이 있는
데 그걸 빌미로 내 첫 책의 추천사를 받기도 했다. 무명작가에
게 큰 도움이 되었음은 물론이다. 자료 조사를 많이 하고 필력
이 좋아서 썼다 하면 두 권, 세 권, 길게는 일곱 권의 장편이 되
지만 정작 나는 그의 소설 중 한 권짜리 『노서아 가비』를 가장
재밌고 빠르게 읽었다.

따냐(최월향)는 대대로 역관 집안인 최홍의 외동딸이다. 최홍이 누명을 쓰고 죽은 뒤 따냐는 죄인의 자식으로 천민 취급을 당하며 살고 싶지 않아 러시아로 떠난다. 78개의 작은 챕터와 13개의 커피에 대한 아포리즘으로 이루어진 『노서아 가비』는 첫 장부터 손을 놓을 수 없게 만드는 페이지터너다. 강심호 평론가의 말대로 『노서아 가비』는 잘 읽히는 소설이다. 그는 "굳이 줄거리를 요약하고 그 의미를 분석할 필요가 없는, 손에 잡으면 주인공과 함께 말 타고 강을 건너고 산을 넘게 되는 그런 소설이다"라고 썼는데 나도 똑같은 생각이다.

따냐는 압록강을 떠나기 전 만난 아버지의 못된 옛 친구에게 선친의 가르침대로 화약 한 덩이를 안겨준다. 이 에피소드를 보면 따냐가 자신의 몸 하나쯤은 스스로 건사할 수 있는 영특한 여성이라는 생각이 드는데, 페이지가 넘어갈수록 점점 더 대담하고 교활한 여자로 변한다. 대동강 물을 팔아먹은 봉이 김선달의 여성판이라고나 할까. 유럽에서 온 어수룩한 귀족들에게 러시아의 숲을 파는 사기 행각을 벌이다 만난 이반(종식)과 그녀는 조선으로 돌아온다. 둘은 연인도 아니고 동업자도 아닌 묘한 관계다. 따냐는 조선에 돌아와 운 좋게 고종황제를 위해 커피를 만드는 바리스타가 되고 이반의 아이를 가졌음에도 불구하고 고종의 독살을 막음으로써 이반을 배신하고 만다. 실리주의자답게 배신의 이유는 '이익' 때문이었다. "이익을 위해 모였다 흩어지는 것이 또한 인생이다. 간혹 애국심이나 의리, 인정 따위를 내세우기도 하지만 이익보다 더 강력한 접착제는 없다."

얄밉지만 통쾌한 인생관이 아닐 수 없다. 고종의 독살을 막아내고 따나는 영화 〈아비정전〉의 발 없는 새 '아비'처럼 러시아를 거쳐 미국으로 건너간다. 그녀는 그곳에서 새 커피 가게를 열고 서툰 영어로 '노서아 가비'에 얽힌 한 여자의 이야기, 즉 자신의 이야기를 사람들에게 들려주면서 소설은 끝이 난다.

김탁환은 황현 선생의 『매천야록』에 나와 있는 역관 김홍륙이 고종을 음독 살해하려 했던 이야기에서 모티브를 얻어 이 작품을 썼다고 한다. 소설의 제목인 '노서아 가비'는 러시아 커피를 한자식으로 표기한 것이며, 고종이 가장 좋아했던 음료라고 한다. 작가는 고종 음독 살해 시도 사건과 아관 파천 그리고 커피 애호가였던 고종의 일화 등 역사적 사실을 기반으로 조선 최초의 바리스타를 등장시켜 구한말이라는 어둡고 암울했던 배경에서도 반전에 반전을 거듭하는 유쾌, 경쾌한 이야기를 만들어냈다.

　소설 바깥으로도 재미있는 이야기가 있다. 이 소설을 읽은 독자 중엔 커피 비즈니스를 하는 사람도 있었는데 "앞으로 평생 김탁환 선생의 커피는 내가 책임지겠다"라며 원두커피를 보내주었다고 들었다. 지금도 여전히 소설가에게 커피를 공급하고 있는지 궁금해진다.

읽는 즐거움을 선사하는 뜨거운 소설

김언수의 『뜨거운 피』(문학동네, 2016)

●

다 읽고 나서 뿌듯함이 밀려오는 책이 있는가 하면, 읽으면서 실시간으로 쾌감을 느끼는 책이 있다. 김언수의 『뜨거운 피』는 후자의 경우다. 부산에서 나고 자란 소설가 김언수가 '구암'이라는 가상의 도시를 배경으로 건달 희수의 이야기를 풀어놓고 있는데, 우선 놀라운 것은 쫀득쫀득한 대화들이 장난 아니게 재밌다는 것이다. 건달이 주먹보다는 입으로 먹고산다는 것은 많이 알려진 얘기이긴 하지만 여기 나오는 희수나 만리장 호텔 사장인 손 영감 등 주요 등장인물들이 주고받는 대사는 반말과 존대를 자연스럽게 오가는 부산 사투리의 유연함과 능청에 힘입어 한 마디 한 마디가 탁구 경기를 구경하는 것처럼 통통 튄다.

장르가 느와르 소설이기에 범죄 얘기가 영화처럼 흥미롭게 펼쳐지고 기기묘묘한 불법과 사기, 도박 시퀀스들이 흘러넘친다. 나이 마흔이 되도록 집 한 칸 없이 매일 호텔방을 전전하는 희수의 처지에서는 짙은 우수도 흐른다. 부산은 한국전쟁 직후에 다시 만들어진 도시나 다름없다. 소설가 김언수는 북한과 중부 지방에서 살다 피란 내려온 사람들에 의해 형성된 부산의 한 판자촌에서 자랐는데, 거기 섞여 살던 건달, 창녀, 사기꾼, 살인자 들의 모습을 그대로 소설 속 구암으로 옮겨 왔다고 한다.

책 뒤에 붙어 있는 '작가의 말' 중 일부를 읽어보자(난 소설을 읽기 전에 작가의 말부터 읽는 습성을 가지고 있다).

비밀은 없고, 마음은 안타깝고, 피는 뜨겁다. 그래서 그 동네 술자리에선 싸움이 벌어지고 술판이 엎어지는 일이 흔했다. 죄다 자기 앞가림도 못하는 백수에, 건달에, 루저 주제에 서로에게 훈장질을 어찌나 해대는지, 사실 술자리가 엎어지지 않는 게 오히려 이상한 일이었다. 한 남자가 점잖게 충고를 한다. "니가 일을 그딴 식으로 처리하니 망조가 드는 거다. 다 너 잘되라고 하는 말이니 내 말 들어라." 그러면 앞의 남자가 발끈한다. "너나 잘해라. 이 새끼야. 마누라한테 처맞고 다니는 주제에 어따 대고 훈장질이고." 그러면 어김없이 술판이 뒤집어지고 소주병이 날아다니고 주먹질이 이어진다. 하지만 하루만 지나면 다시 또 술을 마시며 "어제는 미안했다." "미안은 무슨. 우리가 뭐 남이가." 이 난리를 치는 동네 말이다.

친한 친구들과 한 달에 한 번 만나 책을 읽고 술을 마시는 독서 클럽 '독(讀)하다 토요일'에서 회원들에게 가장 인기가 높았던 게 이 소설이기도 하다. 비록 폭력과 쌍소리가 난무해서 여성 회원들 중엔 눈살을 찌푸리는 사람도 있었지만 글맛이 너무 쫀쫀해서 잊었던 독서의 즐거움까지 다시 찾아준다는 평이었다. 건달들의 이야기라고 지레짐작 무시하진 마시기 바란다. 인생의 진리는 고매한 지위를 가진 사람들 틈에서 나오지 않는다. 시궁창에서 뒹굴며 악에 받친 인간들끼리 목숨 걸고 싸우거나 한편이 될 때 기름기 쏙 뺀 금언들이 하나씩 튀어나온다. 김언수의 『뜨거운 피』가 그런 소설이다.

밤에 읽기 시작하면 큰일 난다

스티븐 킹의 『빌리 서머스 1, 2』(황금가지, 2022)

●

영화 평론가 오동진이 지하철에서 이 책을 읽다가 눈물을 흘렸다고 어딘가에 쓴 글을 읽고 얼른 서점으로 달려가 『빌리 서머스 1, 2』 두 권을 한꺼번에 샀다. 스티븐 킹의 신작이라면 빼놓지 않고 읽는 편이니 이 소설이 궁금한 건 당연했다. 그는 전세계에서 소설을 가장 많이 판매한 작가 중 한 사람이고 또 그가 쓴 소설은 거의 다 영화나 드라마로 만들어지고 있으니 나중을 위해서라도 '원작 소설'을 먼저 영접하는 게 열성 팬으로서의 자세라 생각했다.

정말 나쁜 놈들만 골라서 죽이는 특급 저격수 빌리 서머스의 마지막 임무에 얽힌 이야기를 다룬 이 소설은 시종일관 흥미진진했다. 범죄자를 다룬 모든 소설과 영화가 그러하듯 '이번 일만 마치면 이 바닥을 뜬다'는 주인공의 바람이 언제나 물

거품이 된다는 것을 스티븐 킹은 주인공의 입을 통해 언급한다. 이 법칙엔 예외가 없는 듯 소설가인 척하며 동네 사람들 삶에 천천히 스며들던 빌리의 마지막 암살 임무도 처음엔 단순한 것 같았지만 날이 갈수록 일이 꼬이고 계획이 자꾸 수정된다.

그런데 엄혹한 킬러의 이야기이면서도 폭력적이거나 잔인하기는커녕 뒤로 갈수록 소설의 흐름이 정의롭고 따뜻해지는 건 이 소설만의 장점이다. 더구나 빌리는 에밀 졸라 등 유명한 소설가들의 작품을 암송할 정도로 지적인 인물이지만 청부 살인을 위해 시종일관 멍청한 표정으로 일관하는 영악한 인물이라는 것도 흥미로운 캐릭터 설정이다. 집에 혼자 있을 때 빌리는 자기 자신에 대해 써보면서 어떻게 하면 더 좋은 글을 쓸 수 있을까 고민한다. 그런데 그 과정이 그대로 스티븐 킹의 글쓰기 강연이 된다. 소설가의 창작 과정을 간접적으로 체험할 수 있다는 게 이 소설의 보너스 같은 부분이다. 인터넷에 올라온 리뷰 중 어떤 분은 이 소설이 끝나는 게 아쉬워 뒷부분은 일부러 천천히 읽었다고 썼던데 그건 나도 마찬가지였다. 1권 마지막에 우연처럼 등장한 앨리스와 주인공 빌리 두 사람이 펼쳐가는 이야기 전개가 기본적으로 너무 따뜻해서 페이지를 빨리 넘기는 게 아쉬울 정도였고 마지막 장면 역시 눈물겨웠다. 특히 2부에서 앨리스의 복수를 위해 세 명의 청년을 위협하는 장면은 너무나 아이디어가 치밀하고 통쾌하기조차 하다(직접 읽을 당신을 위해 구체적인 내용은 밝히지 않겠다).

이미 엄청난 부를 축적한 데다가 '이야기의 제왕'이라는 명예까지 얻은 스티븐 킹은 왜 아직도 힘들게 소설을 쓰고 있는 걸까. 나는 작년에 우리 동네에 있는 아리랑도서관에서 그의 소설 『스탠드 바이 미』와 『리타 헤이워드와 쇼생크 탈출』을 뒤늦게 빌려 읽고는 깜짝 놀랐다. 영화로 이미 알고 있던 이야기였는데도 소설이 두 배 이상 재밌었기 때문이다. 그는 잠깐 등장하는 인물 하나도 허투루 지나가는 법이 없었다. 정말 그 사람을 오랫동안 보고 쓴 것처럼 집안 이야기나 과거사, 성격상의 특징 등을 작품 속에 세세하게 박아 넣었다. 잘 쓰기도 하지만 소설 쓰기를 진정으로 좋아하는 사람이 아니면 할 수 없는 일이다.

놀라운 건 수십 년간 공포와 판타지 소설의 대가였던 그가 '빌 호지스 시리즈'를 통해 돌연 탐정 소설가로 변신했다는 사실이다. 그 사이에 케네디 암살을 다룬 타임 루프 소설 『11/22/63』을 쓰기도 했다. 인기 절정의 소설가일 때 치명적 교통사고를 당하기도 했던 스티븐 킹은 70대 중반인 지금도 계속해서 새로운 장르의 아이디어를 내고 이야기 쓰는 즐거움을 포기하지 않는다. 이번 소설 역시 그 기대를 저버리지 않았다. 흥미진진하면서도 따뜻한 스토리텔링을 원한다면 스티븐 킹의 『빌리 서머스』를 읽으시라. 다만 잠들기 전에 책을 펴드는 것만은 권하지 않겠다. 틀림없이 밤을 새게 될 테니까.

알프레드 노벨도 근엄한 작품에만
노벨상이 가는 건 싫었을 것이다.
다행히 문학적 재미가
다이너마이트처럼 팡팡 터지는
수상작들이 있다.

다시 봐도 재밌네, 노벨 문학상

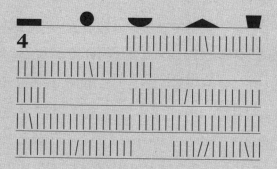

마리오 바르가스 요사 『염소의 축제』

가즈오 이시구로 『나를 보내지 마』

가브리엘 가르시아 마르케스 『백년의 고독』

고통과 유머가 뒤섞인 특급 역사 소설

마리오 바르가스 요사의『염소의 축제』(문학동네, 2010)

●

살다 보면 어이없는 실수를 할 때가 있다. 교보문고 광화문점에서 마리오 바르가스 요사의 두 권짜리 소설『염소의 축제』를 샀는데 집에 와서 보니 1권은 하드커버이고 2권은 페이퍼백이었다. 책값도 1000원 차이가 나는데 난 도대체 무슨 정신으로 이런 짓을 저지른 것인가 하고 한숨이 나왔다. '어쩐지 띠지가 한 장만 보이더라…….' 괜히 무안해진 나는 속으로 이렇게 중얼거리며 '1권은 집에서 읽고 2권은 들고 다니며 읽으라는 신의 계시인 모양이다'라고 해석해 버렸다. 그런데 표지 상태를 구별하지 못한 건 실수였지만 읽다 보니 이 책을 고른 건 전혀 실수가 아니었다. 아니, 소설은 기대 이상으로 재밌고 신랄했으며 만지면 손이 베일 듯한 날카로운 역사 인식까지 가지고 있었다.

마리오 바르가스 요사가 노벨 문학상을 받는 데 큰 역할을 했다고 알려진 소설『염소의 축제』는 남미 도미니카 공화국의 독재자 라파엘 트루히요 암살 사건에 관한 이야기다. 트루히요라는 이름을 처음 접한 건 주노 디아스의 정말 끝내주는 소설『오스카 와오의 짧고 놀라운 삶』에서였다. 지리적으로 분쟁이 많은 지역이거나 정치·경제가 불안정한 나라일수록 독재자가 폭정을 저지르기 쉬운 법인데, 트루히요 역시 30년 넘게 독재를 하면서 정치적 탄압은 물론이고 살인, 고문, 강간 등 온갖 악행을 마음껏 저지른 인물이다.

그가 염소라는 별명으로 불린 이유도 남다른 성욕 때문인데, 염소는 왕성한 번식력을 상징하는 동물이다. 그는 마음만 내키면 정부 요직을 차지한 정치인들의 아내와 딸까지 가리지 않고 잠자리를 가졌고 심지어 14세 소녀를 건드리기도 했다. 마음에 안 드는 사람은 산 채로 상어들이 헤엄치는 바다 한가운데로 던져버리는 그의 잔인함 앞에 입바른 소리를 할 수 있는 정치인이나 지식인은 없었다. 소설의 주인공 중 하나인 우라니아는 상원 의원이었던 아버지가 자신을 트루히요에게 바치는 바람에 열네 살에 인생에 종지부를 찍을 뻔하다가 가까스로 탈출해 하버드대를 수석 졸업하고 49세에 세계은행 간부를 거친 엘리트 변호사가 되어 다시 나타난다.

우라니아 얘기 말고는 대부분 역사적 사실을 바탕으로 한 이 소설은 정부와 군 장성 그리고 경호원 출신 등으로 이루어진 암살단의 거사가 메인 테마이지만 나는 뒷부분에 등장하는 처절한 고문 장면들이야말로 역설적으로 소설을 빛나게 해준 요소라고 생각한다. 거사엔 성공했지만 정권을 잡는 데는 실패한 암살단은 하나하나 체포되어 죽거나 고문을 당한다. 특히 국방장관 출신의 로만은 순간의 머뭇거림 때문에 트루히요의 아들에게 끌려가 아주 길고도 잔인한 고문을 받다 죽음에 이른다. 다시 읽기 힘들 정도로 끔찍한 이 장면들을 읽으며 나는 황석영의 『손님』에서 서로의 가족들을 도륙하던 주인공들의 뼈아픈 사연이 떠올랐다. 어느 나라나 현대사엔 이런 엄청난 비극과 부조리가 숨어 있다.

마리오 바르가스 요사의 소설에 이런 끔찍함만 있는 것은 아니다. 『염소의 축제』를 처음 읽다가 눈에 번쩍 뜨여 잠시 독서를 멈추고 밑줄을 그었던 대목을 소개한다. '자유 의지의 소중함'에 대한 한 구절이다.

자유 의지를 가질 때만 비로소 커피 한 잔이나 럼주 한 잔도 더 맛있게 음미할 수 있을 것이었고, 담배 연기와 무더운 날 바다에서 하는 수영, 토요일마다 보는 영화나 라디오에서 흘러나오는 메렝게 음악, 이 모든 게 육체와 정신에 더 좋은 느낌을 선사할 것이다.

바르가스 요사의 작품은 『새엄마 찬양』이라는 깜찍하고 야한 소설을 통해서 처음 접했다. 이후 『판탈레온과 특별봉사대』를 읽었고 『염소의 축제』에 와서 완전히 매료되고 말았다. 작가가 청년 시절에는 카스트로가 일으킨 쿠바 혁명을 열렬히 지지했지만 이후 자유 시장주의자로 전향했다는 점도 특이하다. 극과 극을 오가는 캐릭터인 것이다. 하지만 작가와 예비 작가들에게 보내는 편지 형식의 글 모음 『젊은 소설가에게 보내는 편지』를 읽어보면 그가 얼마나 문학에 진심인 사람인지 알 수 있다. 노벨 문학상은 근엄하고 진지한 작품을 쓰는 작가들에게만 주어지는 상이라는 편견을 가진 사람들에게 꼭 권하고 싶은 작품이다. 인생을 먼저 산 선배로서의 통찰도 대단하지만 무엇보다 재미가 있어서 밤을 새워 읽게 된다는 점에서 강력 추천한다.

노벨상 수상 작가답지 않게 쉬우면서도
품격 있는 소설

가즈오 이시구로의 『나를 보내지 마』(민음사, 2021)

●

외계인이나 우주선, 인공 지능을 등장시키면서 철학적 질문까지 던지는 SF(Science Fiction) 작가를 대보라고 하면 나는 자동적으로 테드 창을 떠올린다. 그런데 이제 한 사람을 더 추가해야겠다. 장르의 경계를 허물어가며 소설을 쓰더니 결국 노벨 문학상까지 탄 일본계 영국 작가 가즈오 이시구로의 『나를 보내지 마』 때문이다.

이 장편 소설은 1990년대 후반 영국의 어느 시골 마을에 있던 기숙 학교 '헤일셤'에서 유년기와 청소년기를 함께 보내는 캐시, 토미, 루스 등의 이야기다. 무대가 되는 학교에는 뭔가 비밀스러운 분위기가 흐르는데 이는 학생들이 모두 다른 인간들에게 장기를 기증하기 위해 유전자 변형으로 태어난 클론이라는 게 밝혀지면서 풀린다. 학년이 올라가면서, 또 성(性)에 대해 인식하게 되면서 그들은 서서히 자신들이 어떤 운명을 가지고 살아가야 하는지 깨닫게 되고 그에 순응한다(담배를 피우면 절대로 안 된다고 강조하는 루시 선생님에게서 '네 몸은 네 것이 아니야'라는 암시가 강하게 풍겨온다).

이 책의 제목 '나를 보내지 마'는 주인공 캐시가 자신이 아기를 낳지 못하는 존재라는 것을 알게 되었을 때 카세트테이프로 듣게 된 노래 가사 "Don't let me go, baby"에서 'baby'를 '아기'로 착각하고 인형을 흔들던 장면에서 나왔다. 아기를 낳지 못하므로 피임 없이 섹스를 해도 된다는 사실에 오히려 좋아하는 아이들도 있었지만 대부분은 그런 이야기 자체를 회피한다. 특히 소설 중반에 영화배우로 사는 게 꿈이라는 남학생에게 슬픈 충고를 던지는 에밀리 선생의 이야기는 가슴을 아리게 한다. "너희들은 결코 영화배우 같은 건 될 수 없어. 그저 운전사나 간병인 등으로 살아가야 해."

근미래를 배경으로 하는 이야기들을 담은 영국 드라마 〈블랙 미러〉 시리즈처럼 이 소설도 바이오 산업이 발달한 근과거나 가상의 세계를 담고 있는데 막상 장기 기증에 대한 구체적인 얘기는 나오지 않는다. 다만 클론들이 얼마나 인간처럼 살고 싶어 하는지를 아주 구체적인 사례들을 통해 전해 준다. 자신에게 유전자를 물려준 '근원자'를 찾아 몰래 외출을 감행한다든지, 클론에게도 영혼이 존재한다는 걸 증명하기 위해 열심히 그림을 그려 '마담'에게 전한다든지 하는 게 그런 노력들이다. 하지만 그런 시도들은 모두 차갑게 거부당한다. 클론들이 인간적인 면모를 갖추고 싶어 하지만 결국 비인간적인 방식으로 거부당한다는 건 서늘한 아이러니다.

가즈오 이시구로는 마치 『제인 에어』에서 볼 수 있었던 영국의 시골처럼 조용하고 아날로그적인 배경을 깔면서도 인간이 되고 싶어 하는 클론들의 서글픔을 담담하고도 사실적인 문체로 묘사한다. 나중에 영화 〈네버 렛 미 고〉로도 제작되었는데 캐시 역을 캐리 멀리건이 맡아 열연했다. 캐시는 간병사가 되어 기증자인 토미와 루스를 차례로 돌보게 되는데, 어른이 되어 회상하는 그들의 과거에는 분명 성장 소설적인 요소와 애증이 교차된 평범한 인간들의 모습이 함께 들어 있다.

가즈오 이시구로는 '부처를 만나면 부처를 죽여라'라는 불가의 유명한 화두를 알고 있음에 틀림없다. 정말 인간적인 것이 무엇인지 알고 싶다면 인간의 입장을 떠나야 하다는 것을 이 소설을 통해 품격 있는 SF로 보여주고 있으니 말이다. 이시구로가 2017년 노벨 문학상을 탄 직후 그의 오랜 친구인 소설가 살만 루슈디는 "이시는 기타도 잘 치고 가사도 잘 써서 밥 딜런 정도는 쉽게 이긴다"라는 축하 메시지를 보냈다. 바로 전해의 수상자 밥 딜런을 들먹이며 짓궂은 칭찬을 한 것이다. 문학의 대가라서 나눌 수 있는 멋진 축하 인사라고 생각한다.

마술적 리얼리즘이라는 통쾌한
스토리텔링의 역습

가브리엘 가르시아 마르케스의 『백년의 고독』
(민음사, 2000)

●

정세랑의 『시선으로부터,』를 펼치면 맨 앞 장에 '심시선 가계
도'라는 게 나온다. 결혼을 두 번 해서 나름 복잡해진 심시선
할머니의 자녀들을 한눈에 파악할 수 있는 관계 지형도가 필
요했던 것이다. 내가 좋아하는 정세랑 작가의 이 작품은 돌아
가신 할머니의 이름을 살짝 바꾸어 쓴 여성 중심의 집안 이야
기인데 이를 확장하면 20세기 대한민국 중산층의 단면이라고
도 할 수 있다.

정세랑의 소설을 읽던 중 내가 가계도를 직접 그리며 읽었
던 최초의 작품이 뭔가 떠올려 보니 가브리엘 가르시아 마르
케스의 『백년의 고독』이었다. 호세 아르카디오 부엔디아와 우
르술라는 사촌 간이라 결혼을 할 수 없는데도 살림을 차렸다.
근친혼이라 "돼지 꼬리가 달린 자식을 낳을 것"이라는 비방에

시달리던 두 사람은 자신들을 아는 이가 없는 마을 '마콘도'로 가서 새로운 일족을 이루는데 이게 바로 '백 년의 고독'의 시작이 된다. 이십 대 후반에 이 책을 읽을 때는 정말 이름부터 너무 헷갈리고(남미에서는 아들이 아버지의 이름을 물려받는 황당한 풍습이 있다고 한다), 또 죽은 사람이 살아 돌아와 이야기를 나누기도 하는 등 초자연적 현상들이 무시로 나타나 나를 헷갈리게 했는데, 얼마 후에 다시 나온 책을 사서 보니 맨 앞에 가계도가 친절하게 그려져 있어서 읽기가 한결 편했다.

흔히 '마술적 리얼리즘의 최고봉'이라 일컫는 이 작품을 사람들이 높이 평가하는 이유는 무엇일까. 평생 언론인으로 활약했지만 마흔 살까지는 팔린 책이 1천 권도 안 되고 출판사에 원고를 보낼 돈이 모자라 내용의 반만 먼저 보낸 적도 있을 정도로 가난했던 마르케스는 작심하고 콜롬비아의 현실을 그대로 보여주는 대신 할머니가 들려주는 옛날얘기처럼 우화적이고도 읽기 쉬운 기법의 소설을 썼고, 그 결과 노벨 문학상이라는 영예까지 거머쥐게 된 것이다.

죽은 사람이 저승에 갔다가 너무 외로워서 돌아왔다고 고백하는 장면은 너무 황당해서 웃음이 나온다. 가족들이 보는 앞에서 빨래를 걷다가 승천하는 '미녀 레메디오스'는 또 어떤

가. 하지만 이런 웃긴 장면 뒤에는 혁명군 대령 자리에 올랐지만 결국 아무 일도 하지 못하고 쓸쓸하게 죽어간 아우렐리아노 부엔디아의 커다란 슬픔이 숨어 있다. 마르케스는 콜롬비아의 근대화와 식민지 과정에서 일어난 바나나 농장에서의 착취와 학살 등을 사실적으로만 다루지 않고 유령이나 환영 등 비이성적인 장치들을 소설 곳곳에 병치함으로써 일그러진 역사의 희비극성을 더욱 강조하는 데 성공했다.

『백년의 고독』은 소설의 핍진성(逼眞性)이나 인과 관계 같은 고지식한 개념을 마음 놓고 비웃는 작품이기도 하다. 도대체 4년 11개월이나 비가 그치지 않는 장마가 존재했다고 시치미 뚝 떼고 말할 수 있는 소설가가 마르케스 말고 누가 또 있겠나. 체코의 작가 밀란 쿤데라는 마르케스의 소설들이야말로 '소설의 종말'이라는 단어를 무색하게 만드는 작품이라고 했다.

그런데 왜 '백 년의 고독'일까. 그것은 1982년에 마르케스가 노벨 문학상을 수상하면서 수상 연설문의 제목을 '라틴 아메리카의 고독'이라고 지은 이유를 생각해 보면 짐작할 수 있다. 그가 만든 마콘도라는 마을을 확장하면 콜롬비아, 나아가 라틴 아메리카 전체라고도 볼 수 있다. 오랜 식민지 생활을 했던 라틴 아메리카의 여러 나라는 독립을 이룬 이후에도 서구 열강으로부터 철저히 소외되었고 아무도 그들의 목소리엔 귀 기울이지 않았던 고독의 시간을 보냈다. 그런데 마르케스라는 작가가 나타나 서구의 소설 작법 대신 '마술적 리얼리즘'이라는 독자적 스토리텔링으로 그들의 존재와 고독을 세상에 알리는 쾌거를 이룬 것이다. 그러니 헷갈리는 등장인물의 이름 정도는 가볍게 무시하고 가벼운 마음으로 이 소설을 읽어보자. 노벨상이 인정한 남미 작가의 자유로운 상상력을 만끽하게 될 것이다.

읽을 만한 책을
추천해 달라는
말을 듣고 꼽아보면
다 여성 작가들의 작품이었다.
여성들이 잘 쓰거나,
내가 여성을 좋아하거나
둘 중 하나다.

나는 왜 여성 작가들에게 끌리는가

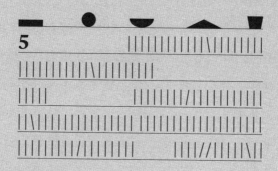

김훈비 『다정소감』

유이월 『찬란한 타인들』

이주혜 『그 고양이의 이름은 길다』

건강한 불량 식품을 먹는 기분

김혼비의 『다정소감』(안온북스, 2021)

●

누군가 쓴 글을 읽고 눈이 번쩍 떠지며 "와, 좋다!"라고 소리치는 건 좀처럼 경험하기 힘든 일이다. 그런데 김혼비의 글은 그걸 해낸다. 예전에 한 구독 서비스를 통해 여러 작가의 글을 받아 읽을 때가 있었는데 연재되는 모든 글이 다 재미없고 시시했다. 마치 작가들이 '이건 원고료를 많이 받는 글도 아니고 경력에 들어가는 것도 아니니까 대충 쓰자'라고 협약이라도 한 게 아닐까 의심을 하며 읽다가 무릎을 탁 쳤던 글이 바로 김혼비의 '김솔통 이야기'였다. 정식 제목이 '마트에서 비로소'였던 그 글을 읽고 흥분한 나는 바로 이런 리뷰를 남겼다.

오늘 저녁 김혼비의 「마트에서 비로소」를 읽고 비로소 환호성을 질렀다. 전작 『아무튼, 술』에서도 알 수 있듯이 김혼비의 에세이는 재미있고 유익하다. 어쩌면 유익한 척을 안 해서 더 유익한지 모르겠다. 혹시 할 수 있다면 그가 쓴 '김솔통'에 관한 글을 읽어보시라. 사소한 듯하면서 준엄하고 힘을 뺀 듯하면서도 어깨의 잔근육이 느껴지는 에세이를 경험하고 싶다면 말이다. 김혼비와 아는 사이도 아니고 돈을 받은 적도 없는데 이렇게 취향 편향적인 글을 써도 되는 건지는 모르겠으나, 아무튼 최근 읽은 열몇 편의 에세이 중엔 김혼비의 것이 제일 좋았기에 굳이 이런 코멘트를 남긴다.

김혼비의 산문집 『다정소감』을 펼치니 그때 읽었던 '김솔통' 글, 「마트에서 비로소」가 맨 앞에 떡 배치되어 있고 그다음 글이 내 마음속에 '김혼비'라는 이름을 깊이 새겼던 '루브르 언니'의 칼럼 「여행에 정답이 있나요」였다. 이 책에서 가장 인상 깊었던 글은 '사전을 보고 울었다는 김혼비' 이야기이다. 하는 일마다 안 풀리고 자신이 너무 작고 초라해 보이던 시절에 엉뚱하게 사전을 들춰 보다가 울음을 터뜨렸다는 이 도착적인 상황은 '쓸모없다'라는 말의 의미를 되새기고 자기 마음대로 확장함으로써—'쓸모 있다'는 띄어 쓰고 '쓸모없다'는 붙여 써야 문법에 맞는데 그건 '쓸모 있다'는 말보다 '쓸모없다'는 말을 쓸 일이 세상엔 더 많은 거야! 나만 쓸모없는 게 아니야!—읽는 사람에게도 따뜻한 위로와 웃음을 전해 준다.

김혼비는 하고 싶은 이야기가 있을 때 마침 거기에 맞는 소재를 만나면 얼마나 인상적인 글을 쓸 수 있는지 잘 보여주는 작가다. 김솔통 글이 그렇고 사전 이야기(정식 제목은 「나만을 믿을 수는 없어서」)가 그렇다. 무라카미 하루키가 "아무것도 아닌 일로도 글을 쓸 수 있어야 한다"라고 했는데 작고 하찮은 것에서도 늘 새로운 깨달음을 건져 올리는 김혼비야말로 거기에 딱 맞는 작가가 아닐 수 없다.

그렇다고 김혼비가 미니멀한 세계에서만 헤매는 작가는 아니다. 항공사 승무원으로 일했던 김혼비에게 새벽 5시에 찾아와 화장과 헤어스타일을 만들어주던 동료 네 명의 일사불란한 작업에서는 우애와 연대가 주는 기이한 감동이 있고, 주성치 팬클럽에서 만난 친구들과 오우삼, 왕가위, 두기봉, 관금붕들의 작품 세계를 두고 불을 뿜는 장면에서는 '오타쿠 김혼비'의 면모를 새삼 느끼게 한다. 무엇보다 '혼비'라는 필명 자체가 축구와 음악에 미친 소설가 닉 혼비에서 따온 것임을 생각해 보면 이건 당연한 일인데도 말이다.

그의 글이 힘이 센 이유는 통찰력이라는 선물 상자를 유머라는 트럭에 싣고 달리기 때문이다. 내가 제일 많이 웃었던,

「그런 우리들이 있었다고」에서 환경 오염 문제를 거론하며 "그 중에서도 산성비는 불벼락, 귀싸대기, 슬픈 예감 등과 함께 절대 맞아서는 안 될 무서운 존재였다"라는 문장이나 전북 군산에 사는 배지영 작가가 아들에게 책을 읽어주다가 차마 읽어줄 수 없었다고 리뷰에서 고백했던, "뭐랄까, 전희도 후희도 없이 삽입만 있는 섹스 같은 느낌이랄까" 같은 발랄한 표현들도 절대 그냥 지나갈 수 없는 명문장이다.

그렇다고 웃기는 글만 있는 건 아니다. 그가 팀장에게 미움을 받아 괴로워하던 시절에 친구가 집에서 끓여준 사리곰탕을 먹고 쓴 "가게 앞에 쭈그러져 있던 풍선 인형에 바람을 넣으면 팽팽하게 부풀면서 우뚝 서듯 무너져 있던 마음 한구석이 서서히 일어나던 생생한 느낌. 한 입 두 입 계속 먹을 때마다 몸속을 세차게 흐르는 뜨겁고 진한 국물에 심장에 박혀 있던 비난의 가시들이 뽑혀 나가는 것 같았다……"로 이어지는 문장들을 읽으며 나도 눈물이 왈칵 났다. 그리고 생각했다. 왜 '다정다감'이 아니고 소감일까. 다정다감이라는 말은 지나치게 꽉 찬 느낌이 드는데 소감으로 낮추니 뭔가 결락이 생기면서 그대로 '김혼비스러움'으로 변한다. 김혼비는 많은 것을 가졌으면서도 항상 '없음'이나 '부족함'에 먼저 주목하는 사람이다. 그래서 어쩌면 다정소감이라는 제목은 '다정해 본 적이 있는 김혼비의 소감'의 줄임말일 수도 있겠다.

이 글을 쓰기 전에 SNS로 잠깐 검색해 봤는데 독자들이 『다정소감』에서 가장 인상적으로 읽었던 글은 「가식에 관하여」인 것 같다. 솔직함을 빙자한 '공감의 부재'에 대하여 차라리 가식이나 위선이라도 떨어달라고 한 이 글은 많은 사람들의 마음을 울렸다. 김혼비의 책은 다 재밌지만 그래도 두 권을 꼽으라면 『아무튼, 술』과 이 책이다. 이 책을 읽은 소감을 한마디로 표현하면 이렇다. '이불 속에 누워서 먹을수록 건강해지는 불량 식품을 혼자 먹는 기분'.

잠이 안 올 때 한 편씩 꺼내 읽는 짧은 이야기들

유이월의 『찬란한 타인들』(자유문방, 2022)

●

너무 피곤해서 누웠는데 잠은 안 오고 눈이 더 말똥말똥해지는 경우가 있다. 어쩌다가 의뢰 받은 광고나 마케팅 관련 프로젝트에서 카피가 잘 안 풀리거나 광고주가 엉뚱한 걸 요구할 때가 특히 그렇다. 어느 날은 한참을 뒤척이다가 일어나 시계를 보니 새벽 네 시였다. 잔 것도 아니고 안 잔 것도 아닌 것 같은 시간을 세 시간이나 보낸 것이다. 그때 마루로 나가 책장 앞을 서성이다가 적당한 책을 한 권 찾아냈다. 유이월의 『찬란한 타인들』이라는 짧은 소설집이다.

유이월 작가는 문학을 전공하고 글과 관련된 여러 가지 직업을 거치다가 결혼 후 미국에서 10년을 살았고 지금은 한국에 돌아와 작은 사업체를 꾸리고 있는 재주꾼이다. 미국에서 살다 와서 그런지 아니면 원래 그런 스타일을 좋아해서 그런지 몰라도 그의 소설은 미국 사람이 썼다고 해도 당장 고개를 끄덕일

만큼 장소도 이국적이고(켄드릭 스트리트, 데스틴 해변이 도대체 다 어디야) 등장인물의 이름도 모두 진한 미국식이다.

수록된 소설들은 어찌나 짧은지 어떤 건 한 페이지를 겨우 넘기는 경우도 있다. 나는 이름도 모르는 여자와 자고 일어나 이상한 대화를 나누다 느닷없이 끝나는 「유의미한 타인들」의 마지막 문장들이 좋았고, 전직 정보 보안 전문가가 어떤 귀부인의 의뢰를 받고 찾아간 해변의 술집에서 '열어보면 안 되는 USB'를 돌려받기 위해 바텐더를 카운터 안쪽 비상구로 불러내 권총을 목에 들이대고는 "요샌 총 없이는 일이 잘 안 풀린다"라며 다시 그 바에 앉아 유유히 술을 마시는 이야기 「비밀을 지키는 법」이 특히 좋았다. 한 편씩 짤막하게 펼쳐지는 이야기들은 마치 이디스 워튼이나 길리언 플린의 글처럼 나른하면서도 얄미운 반전을 숨기고 있어 사랑스럽다. 만난 사람은 언젠가 헤어지기 마련이라는 생각에 사로잡혀 헤어질 날을 계산하다가(837일이라는 결론이 나왔다) 호텔에 불이 나 19일 만에 헤어지게 되는 연인의 바보 같은 사연이 담긴 「찬란한 날들」엔 비릿한 유머가 숨어 있고, 「물귀신 매트릭스」는 사람이 아닌 물귀신의 억울한 사연을 짧게 소개해서 책을 읽던 새벽부터 사람을 허무하게 웃겼다.

유이월이 바라보는 인간은 대개 비이성적이고 살짝 이상하면서도 서글프다. 내가 가장 좋아했던 이야기는 아내 몰래 아내의 친구와 출장을 가 호텔에서 섹스를 한 것까지는 좋았는데 별것 아닌 이유로 그 여자가 싫어져 다시 아내에게 전화를 거는 「내가 좋아하는 것은 무엇인가」이다. 아니나 다를까, 책 맨 뒤에 붙어 있는 '작가의 말'을 읽어보니 "내 글은 아이러니에 대한 각종 예찬들이다"라는 선언이 떡하니 버티고 있다.

누군가를 사랑하면서 동시에 미워하거나 어떤 일이 이루어지길 바라면서 또 바라지 않는 마음도 있는데 그걸 논리적으로 설명할 도리가 없다. 이해할 수 없는 타인에 관한 이야기이니 '찬란한 타인들'이라는 제목은 너무나 잘 지은 것이다. 아, 한국 소설인데 왜 미국식 이름과 지명이 많이 나오느냐는 질문에 "똑같은 사건도 다른 외투를 입히면 전혀 다르게 보이는 효과를 노렸기 때문"이라고 대답했다는데, 나는 전적으로 찬성한다. 이 책의 야한 긴장감은 바로 이런 요소들이 합해져서 나온다.

아주 우연한 기회에 만나게 된, 잘 쓰는 작가

이주혜의 『그 고양이의 이름은 길다』(창비, 2022)

●

어떤 책은 교통사고처럼 전혀 예상치 못한 지점에서 튀어나와 내게 오기도 한다. 한 달에 한 번씩 진행하는 독서 모임 '독하다 토요일'에서 읽을 책으로 이주혜의 소설집 『그 고양이의 이름은 길다』를 선택한 것은 그야말로 우연이었다. 서울 성북동에 있는 고양이 서점 '책보냥'의 주인이 제목에 고양이가 들어 있다며 가져다 놓은 걸 내가 잠깐 들춰 보다가 '문장이 좋네' 하고 사 와서 읽기 시작했던 것이다. 슬쩍 봤는데도 느낌이 좋았고 창비에서 나왔으니 작품은 믿을 만하겠지 하는 생각도 있었다. 나는 그래도 고양이 서점에서 사 온 책인데 고양이라는 단어가 들어간 작품부터 읽어야지 하는 이상한 의무감으로 「그 고양이의 이름은 길다」라는 단편을 제일 먼저 읽기 시작했다.

유치하지만 소설의 제목에서 고양이의 이름이 '길다'인지 아니면 정말 고양이의 이름을 길게 지은 것인지 궁금하기도 했다. 읽어보니 후자였다. 주인공 구은정이 일 년에 한 번씩 사장을 따라 일본으로 출장을 갔는데 그때 발견한 가게 구루미에서 만난 고양이 이름이 꽤나 길었던 것이다(구루미 라떼 아로니아 바로네즈 3세랍니다). 고양이 이름은 라테를 좋아하는 친구가 붙여준 부분도 있고, 또 지브리 애니메이션을 좋아하는 어머니가 〈고양이의 보은〉에 나오는 바론처럼 남작 칭호를 붙여줘야 한다고 해서 바로네즈 3세가 추가되었고……. 그런데 그건 그리 중요한 게 아니고 이 소설은 스무 살 때부터 작은 목재 회사에서 일을 하던 주인공이 중년이 되어 생긴 근종 때문에 자궁 적출 수술을 하러 들어간 순간 영혼이 되어 '슛' 또는 '붓'(작가가 이런 의성어를 쓴다) 떠오른 상태로 자신을 바라보는 이야기라는 점이다. 짧은 이야기 속에 이십여 년의 세월이 들어 있는데(옆집 아저씨 같았던 사장은 옆집 할아버지 같아졌다) 누군가의 서사를 만들어가는 작가의 문장들이 침착하고도 유머러스하다. 마지막 서랍장 이야기 속엔 작은 반전도 숨어 있다. 좋은 소설을 읽었다는 뿌듯함이 밀려왔다.

이 작품 말고 맨 처음 실린 데뷔작 「오늘의 할 일」도 읽다

보면 전설처럼 독특한 오라(aura)가 있었는데, 나는 특히 둘째 딸이 어느 날 술집에서 만난 어린 남자와 했던 원 나이트 스탠드 기억의 묘사가 황홀했다. 새벽에 남자의 숙소에서 일어나 집으로 가려던 그녀에게 잠이 덜 깬 어린 남자가 나와 입혀준 '후드 집업'을 끝내 버리지 못했다는 고백이 왜 그렇게 애틋하게 느껴졌는지 모르겠다. 이주혜의 소설들은 인생의 쓴맛들이 배어 있어서 좋고 어떤 식으로든 섹스가 자연스럽게 스며 있다는 점도 마음에 들었다.

평범한 문장 속에 여성들만 알 수 있는 통찰들이 들어 있는 것도 이 소설집의 장점이다. 「우리가 파주에 가면 꼭 날이 흐리지」에서 아이를 키우는 여자들이 집 앞 공원에 나가려고 해도 짐이 한 보따리라고 하면서 "사람들이 기저귀 가방이라고 부르는 그것에는 기저귀만 들어 있는 게 아니었다"라는 구절은 남자인 나는 절대로 쓸 수 없는 '경험주의'의 산물이다.

소설을 거의 다 읽어갈 때쯤 독서 노트를 펴고 어떤 게 좋았나 체크를 해보다가 모든 단편 제목에 표시를 하고 있는 나를 발견하고 피식 웃었다. 번역가로 활동하던 사람이 뒤늦게 소설을 펴낸 경우였다. 6년 만에 출간한 훌륭한 단편집 이전에 장편 소설을 먼저 썼다는 것을 알고 아리랑도서관에 가서 이

주혜의 그 책『자두』도 빌려 읽었다. 역시 문장이 좋은 작가는 장편 소설도 잘 썼다. 이주혜라는 작가의 작품은 나오는 대로 모두 구입하기로 했다. 두 권을 사서 읽었는데 다 좋았다면 그 다음 작품들도 좋을 것이라는 생각이 들었기 때문이다.

"저는 시를 잘 모르는데요"라고
말하는 사람들에게
"저도 그래요" 하고 대답한 뒤
내밀고 싶은 시집들이 있다.
좋은 시는 머리가 아니라
가슴으로 온다.

시를 몰라도 시를 쓰고 싶게 만드는

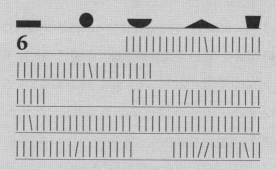

박연준 『아버지는 나를 처제, 하고 불렀다』

마야 리 랑그바드 『그 여자는 화가 난다』

신철규 『지구만큼 슬펐다고 한다』

제목만 읽고도 무조건 구입했던 시집

박연준의 『아버지는 나를 처제, 하고 불렀다』
(문학동네, 2012)

●

전철에서는 물론이고 화장실에서도 스마트폰을 들여다보는 인생이 되었다. 나는 화장실에서 잡지를 읽던 마지막 세대였음을 자부하며 '억지로라도 시를 읽자' 하고 화장실에 시집을 가져다 놓았다. 지난 몇 달간 우리 집 화장실 로션 박스 옆에 놓여 있는 시집은 박연준 시인의 『아버지는 나를 처제, 하고 불렀다』였다. 제목을 처음 읽었을 때 기이하게 시집 전체의 분위기가 확 느껴지던 기억이 난다. 물론 짐작대로 이 시집엔 아버지에 대한 시인의 개인적인 사랑과 연민, 애증 등이 들어 있지만 그보다는 아버지라는 사람이 자기 딸을 처제라고 불렀을 때의 막막한 슬픔과 존재의 고독(비록 본인은 치매나 섬망 중이라 그걸 느낄 새도 없었겠지만)이 나를 사로잡고 말았다.

나도 돌아가시기 직전 한밤중 입원실에서 갑자기 말문이 터진 어머니를 본 적이 있다. 어머니는 1.4 후퇴 때 엉겁결에 가족들과 헤어진 채 고향 친구와 부산까지 내려가 '미제 장사'를 하며 겨우 먹고살았다. 전국의 피난민들이 모여든 부산은 인심이 사나웠다. 그녀는 얼음장처럼 차가운 골방에서 사흘을 굶으면서도 살아남기 위해 신음했던 이야기, 꽁보리밥을 하도 먹어서 그 뒤로는 보리쌀의 세로줄만 봐도 몸서리가 난다는 이야기를 밤이 새도록 방언 터뜨리듯 늘어놓았다. 어디서 그런 힘이 났는지 그녀의 목소리는 6인 병실에 쩌렁쩌렁 울려 퍼졌다. 다른 환자들이 잘 시간이라 당황스러웠지만 나는 차마 어머니의 입을 막을 수가 없었다. 지금 생각해 보면 그때 나는 운 좋게도 병실을 지키다가 어머니에게 마지막 선물을 받은 것이었다. 아직 결혼식도 올리지 않은 막내며느리(지금의 아내)가 떠주는 미음을 맛있게 드신 어머니는 이틀 후에 조용히 돌아가셨다.

우리는 모두 왜 사는지도 모른 채 살아가지만 시인들은 삶의 비밀을 알고 있는 사람들임에 틀림없다. 무심코 나온 말 한 마디에서도 인생의 비애와 희망을 건져 올릴 줄 알기 때문이다. 이 시집의 제목은 1부에 실린 「뱀이 된 아버지」라는 시에서 나왔다. "아버지를 병원에 걸어놓고 나왔다"라는 첫 문장부터 눈물이 나는 시다. 평소에 시를 자주 읽지 않는 분이라도 이 시집은 꼭 사서 한번 읽어보시기 바란다. 아버지 애기 말고도 재미있고('앞니'를 '압니'라고 쓰고 싶은 충동이 일어요) 슬프고(나는 이 작은 별에서 번식하는 바이러스가 그리움의 주파수에서 잡힌다는 것을 안다) 아이디어가 넘치는(바지를 벗어놓으면 바지가 담고 있는 무릎의 모양 그건 바지가 기억하는 나일 거야 바지에겐 내 몸이 내장기관이었을 텐데) 구절들로 가득하다.

이 시집의 끝부분엔 문학 평론가 신형철의 해설이 실려 있는데 나는 이 글조차 아름다워서 책장 귀퉁이를 접고 밑줄을 쳐가며 읽었다. 신형철은 해설의 막바지에 「하품」이라는 시를 소개하며 "그녀는 자신의 시가 날아가다 사라져도 그만이라는 식으로 말하고 있지만 그렇게 되지 않을 것이다. 분명히 많은 이들의 마음에 그녀의 시가 도착할 것이라고 믿는다"라고 썼다. 그의 믿음은 현실이 되어 그녀의 시는 나의 책꽂이와 화장실에도 날아들었다. 한 편 한 편의 아름다운 하품이 당신에게도 날아들었으면 좋겠다.

'화가 난다'로 끝나는 화법의 발명자

마야 리 랑그바드의 『그 여자는 화가 난다』(난다, 2022)

●

김민정 시인의 인스타그램과 페이스북을 통해 신기한 시집을 하나 알게 되었다. 어렸을 때 덴마크로 입양된 시인의 시집이 번역 출판되는데 거의 모든 문장이 '여자는'으로 시작해 '화가 난다'로 끝난다는 것이었다. 나는 얼른 서점에 가서 마야 리 랑그바드의 『그 여자는 화가 난다』라는 시집을 샀다. 사실은 시 한 편이 두꺼운 책 전체를 차지하고 있기 때문에 시집이 아니라 그냥 시라고 불러야 할 것 같은 책이다. 책은 놀랍도록 재미있었다.

자신이 수입품이었기에 화가 난다.
자신이 수출품이었기에 화가 난다.

이런 두 개의 문장으로 시작되는 이 책은 대단한 시집이었고 이걸 쓴 랑그바드 역시 대단한 사람이었다. 한국에서 태어나 덴마크로 입양된 동성애자 소설가이자 시인이라는 특이한 정체성은 작가가 '발명'한 독특한 문장 형식(그 여자는 화가 난다)과 분명한 주장(국가 간 입양 거래 고발)이 만나면 얼마나 대단한 웅변이 될 수 있는지를 알려주는 전형이었다. 특히 1500번 이상 등장하는 '화가 난다'라는 술어의 창조적 힘은 커트 보니것의 소설 『제5도살장』에 나오는 유명한 구절 '그렇게 가는 거지(So it goes)'만큼이나 매력적이다.

『그 여자는 화가 난다』가 2014년 덴마크에서 출간되자 덴마크는 물론이고 스웨덴에서도 주목을 받았다고 한다. 국가 간 입양 거래에 대한 비난과 반성이 일던 시기이기에 『그 여자는 화가 난다』를 읽은 사람들이 해외에서 아동을 입양하기로 했던 결정을 재고하거나 철회했다는 소식이 여러 번 들려올 만큼 덴마크 사회에 큰 반향을 일으켰다.

개인적으로 더 놀라운 일은 책을 산 직후에 일어났다. 랑그바드의 마지막 북 콘서트를 우리 집에서 하는 꿈같은 일이 벌어진 것이다. 이 책을 펴낸 출판사의 대표인 김민정 시인이 "마야 리 랑그바드가 두 달 반 정도의 한국 생활을 정리하고 덴마크로 돌아가기 전 여는 마지막 북 토크는 작은 책방에서

했으면 좋겠다"라고 밝혔는데, 아내 윤혜자가 한옥 마당이 있는 우리 집에서 하면 어떻겠느냐고 메시지를 보냈고 김민정 시인이 흔쾌히 허락해 주는 바람에 '소금책 번외편'이 성사되었다(소금책은 '성북동 소행성에서 금요일에 열리는 북 토크'의 줄임말이다).

꿈에 그리던 시인을 우리 집에서 보게 된 아내와 나는 흥분해서 미칠 것만 같았다. 대한민국의 문학 셀럽들이 우리 집에 모여드는 기적이 일어났으니까. 지은 지 80년 된 한옥 성북동 소행성 마당에 김민정 시인, 송원경 통역가, 오은 시인, 박연준 시인, 김혜순 시인이 왔고 김혜순 시인의 딸이자 아티스트인 이피(Lee Fi) 화가, 나희덕 시인, 편혜영 소설가도 왔다. 관객 속에는 가수이자 작가인 '동네 사람' 요조도 섞여 있었다.

특히 '그녀는 화가 난다'라는 원제를 '그 여자는 화가 난다'로 고쳐준 김혜순 시인이 우리 집에 오신 건 감격스러운 일이었다. 랑그바드는 10년 전 체코에서 열린 시 낭송 행사에서 김 시인을 처음 만났는데 그녀의 '바리데기 공주 시론'에 감명을 받아 그때부터 존경하게 되었다고 고백했고 김 시인 덕분에 한국어판으로 책을 낼 수 있었다고 고마워했다.

책에서 인상 깊었던 대목이 많았지만 나는 랑그바드의 생일날 이야기가 기억에 남았다. 생일을 맞은 랑그바드는 이런 날에도 전화를 해주지 않는 친부모 때문에 화가 난다. 그러면서 생일날이니 전화로나마 친부모로부터 축하를 받을 것이라 기대했던 자기 자신에게 화가 난다. 덴마크에서는 가족이나 지인의 생일날에 전화를 하거나 카드를 보내 축하하는 것이 일반적이었으니까. 그녀는 화를 내다가 결국 자신의 생일이 존재한다는 사실에 화를 내기에 이른다. 나는 화를 내다가 보다 근본적인 성찰로 들어가 결국엔 유머로 승화시키는 이 부분이 참 좋다. 이건 마치 그랜드 하얏트 호텔에서 한 잔에 80크로네나 하는 차를 마시는 스스로에게 화를 내다가 그랜드 하얏트 호텔이 존재한다는 사실에 화가 난다고 고백하는 장면과 똑같아서 웃음이 나온다.

도서 출판 '난다'의 발행인 김민정 시인이 아니라면 절대로 펴낼 수 없는 책이라고 생각한다. 게다가 책 제목과 출판사 제목도 두 글자나 같다니, 별거 아니지만 사실 난 이런 게 재밌다. 꼭 사서 읽어보시기 바란다. 시를 좋아하거나 새로운 형식에 목말라 있는 사람이라면 아마도 '내가 읽은 올해의 책' 후보로 이 책을 올리게 될 것이다.

버스 안에서 읽고 눈물 흘렸던 시집

신철규의 『지구만큼 슬펐다고 한다』(문학동네, 2017)

•

시에 대한 정의로 시집 『지구만큼 슬펐다고 한다』 맨 앞에 신철규 시인이 쓴 "절벽 끝에 서 있는 사람을 잠깐 뒤돌아보게 하는 것, 다만 반걸음이라도 뒤로 물러서게 하는 것, 그것이 시일 것이라고 오래 생각했다"라는 글처럼 적절한 표현은 없다고 생각한다. 누구나 절벽 끝에 서 있는 것 같은 비참한 기분을 느끼며 살아갈 때가 있다. 자칫 그대로 몸을 던지고 싶은 충동에서 우리를 구해 내는 것은 무엇일까. "나도 뾰족한 수는 없지만 그래도 같이 한번 의논해 보자"라는 친구의 말 한마디일 수도 있고, "나도 그랬어. 그래서 지금의 네 마음을 조금은 알 것 같아"라는 선배의 공감 어린 다독임일지도 모른다. 그런 공감 능력이 있으니 시인은 "오늘도 누군가는 사랑의 기억으로 옛 애인의 집 유리창에 돌을 던지고 그녀는 유리 파편을 씹으며 사랑의 기억을 지운다" 같은 구절을 쓸 수 있는 것 아닐까.

호주의 젊은 시인 에린 핸슨(1995년생)이 "가장 환한 미소를 짓는 사람이 눈물 젖은 베개를 가지고 있다"라는 구절을 썼다는 것을 장석주 시인의 페이스북 담벼락을 보고 알았는데, 신철규 시인의 첫 시집을 읽으며 똑같은 감정을 느꼈다. 우리나라는 유난히 봄에 슬픈 일이 많았다. 그래서 4월이나 5월에 "어떤 눈물은 너무 무거워서 엎드려 울 수밖에 없었다"라는 구절을 읽으면 저마다의 슬픔은 물론이고 사회적으로도 너무나 불행했던 우리 현대사를 생각하며 눈시울이 붉어질 수도 있겠다. 나는 이런 게 시인의 일이라 생각한다. 신철규 시인이 주는 슬픔은 맑고 깨끗해서 그의 시를 한 편 읽고 나면 고개를 들어 하늘을 쳐다보고 싶어진다.

위기에 몰린 사람의 그 '반걸음'을 위해 시를 쓰는 사람. 그래서 그의 시는 착하고 어질다. 나는 이 시집을 산 날 버스 안에서 시인의 할머니가 들려주었다는 '고디'(다슬기의 경상도 사투리) 얘기인 「울 엄마 시집간다」를 읽고 눈물이 나서 아주 혼이 났다. 궁금한 사람들은 다른 책은 안 사도 좋으니 이 시집 하나 정도는 사서 읽는 게 정신 건강에 매우 좋을 것이라고, 이 연사, 불을 토하는 바이다.

검색해서 읽은 몇 줄의 리뷰가
어쩌다 머릿속에 박히고 나면
책을 안 읽었는데도 읽은 기분이 든다.
그 편향을 이겨내고 직접 읽을 때만
작품의 진짜 매력을 만날 수 있다.

남의 리뷰를 너무 믿으면 안 되는 이유

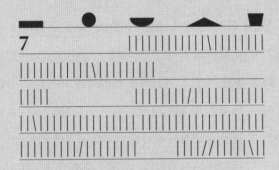

무라카미 하루키 「토니 타키타니」

아사다 지로 「수국꽃 정사」

필립 K. 딕 「사기꾼 로봇」

직접 읽어보지 않고 함부로 논하지 말라

무라카미 하루키의 「토니 타키타니」
(『렉싱턴의 유령』 문학사상, 2006)

●

사실 「토니 타키타니」에 대한 이야기는 소설을 읽거나 영화
를 보기 전에 너무 많이 들었다(아니, 사실은 읽었다). 인터넷
과 SNS를 통해 본 많은 댓글들을 통해서다. 아름다운 아내가
옷을 사는 걸 멈출 수 없어서 벌어지는 이야기라거나 그 아내
가 죽은 후 똑같은 체형의 여자를 비서로 채용해 매일 그 옷들
을 입혀보는 남자의 이야기라는 댓글이 반복 재생산되었고 나
는 틈나는 대로 그 댓글들을 읽고 기억했다. 그러다 보니 이미
소설을 읽은 것 같은 이상한 착각마저 들었다. 그러다 어느 날
도서관에서 이 소설과 마주하게 되었다.

이야기를 시작하기 전에 뭐든 소개하는 방법을 결정해야
한다. 소년의 이야기로 시작할 수도 있고 미술 학원의 수업 시
간이 출발점일 수도 있다. 무라카미 하루키는 토니 타키타니

의 아버지 이야기로 시작한다. "토니 타키타니의 진짜 이름은, 정말 토니 타키타니였다"로 시작하는 이 소설은 타키타니 쇼자부로라는 이름의 아버지 이야기로 시작하는데, 재즈 트롬본 연주자였던 그는 태평양 전쟁이 시작되기 약 4년 전에 '여자가 얽힌 성가신 일'이 생겨 일본을 떠났다. 이렇게 소설 앞부분엔 토니의 아버지가 중국 상하이로 떠났다가 1947년에 다시 일본으로 돌아와 재즈를 좋아하는 이탈리아계 미국인 소좌와 친구가 되었고, 그 친구가 자기 이름을 붙이면 어떻겠냐고 하는 바람에 아들 이름을 '토니'라 짓게 된 배경이 설명된다. 나는 나중에 미야자와 리에가 주연했던 동명의 영화(70분 정도의 소품인데 아름답다)에서도 강조되었던 뒷부분의 이 이야기보다 토니의 쿨한 아버지 이야기를 다룬 앞부분이 더 매력적이었다. 그런데 그동안 내가 읽었던 수많은 리뷰에는 이런 걸 언급한 글이 하나도 없었다. 정말 단 하나도!

동네에 있는 아리랑도서관 신간 코너에서 『무라카미 T』라는 책을 잠깐 들춰 보았다. 무라카미 하루키가 가지고 있던 티셔츠들을 사진 찍고 그 티셔츠들에 대해 쓴 작은 산문집이었다. 그런데 무라카미 하루키는 "어느 날 '좋아, 이제부터 티셔츠 수집을 하자' 하고 결심한 뒤 모은 게 아니라 오래 살다 보니 모인 거"라고 하면서 이 책을 쓰게 된 동기를 밝히고 있다. "그러고 보니 티셔츠 수집 같은 것도 하고 있어요"라고 무심코 말했더니, 편집자가 "무라카미 씨, 그걸로 연재 하나 해보시겠습니까" 하고 제안했다는 것이다.

놀라운 건 이 책에서 무라카미 하루키가 가장 아끼는 티셔츠가 'TONY TAKITANI' 티셔츠라고 밝히고 있다는 것이다. 소설 「토니 타키타니」와의 또 다른 인연이 시작되는 것이다. 그는 마우이섬 시골 마을의 자선 매장에서 이 티셔츠를 발견해 1달러에 구입하고는 '토니 타키타니는 대체 어떤 사람이었을까' 생각하다 마음대로 상상력을 동원하여 그를 주인공으로 한 단편 소설을 썼고, 영화로 만들어졌다고 자랑을 하고 있다. 그러니까 「토니 타키타니」라는 소설엔 이런 이야기들이 숨어 있다.

길이와 상관없이 많은 곁가지와 가능성을 가지고 있는 이야기가 좋은 이야기라고 생각한다. 이미 읽으신 분이 많겠지만, 무라카미 하루키의 단편을 좋아하는 사람은 물론이고 우연히 구입한 티셔츠 한 장을 밑천으로 탄생해 세계적으로 알려진 단편 소설이 궁금한 사람이라면 이 작품은 꼭 읽어야 한다.

최백호의 노래가 생각나는 소설

아사다 지로의 「수국꽃 정사」
(『장미 도둑』 문학동네, 2002)

●

책 좀 읽던 예전 후배는 아사다 지로를 가리켜 "얘들아, 소설은 이렇게 쓰는 거란다"라고, 세상의 모든 작가 지망생에게 약을 올리는 작가 같다고 투덜댔다. 그 정도로 잘 쓴다는 얘기다. 그런데 나는 영화 〈파이란〉의 원작인 『러브레터』나 『프리즌 호텔』, 『창궁의 묘성』 같은 쟁쟁한 대작들을 놔두고 왜 트로트처럼 쉰내 나고 짧아서 싱겁기까지 한 「수국꽃 정사」라는 단편을 소개하고 있는 것일까. 내 생각엔 이런 이야기야말로 아사다 지로가 쓸 수 있는 소설이고 또 진심이 보이는 막장 스토리이기 때문이다.

평생 사진만 찍다가 회사에서 정리 해고를 당한 카메라맨 기타무라는 자포자기 상태로 온천 지방으로 여행을 떠나 어느 스트립 클럽으로 들어간다. 그런데 그곳도 신칸센 개통의 영향으로 단골이나 관광객이 다 빠져 쓸쓸하기만 하다. 우연히 나이 많은 스트립 걸과 친해진 그는 함께 술을 마시며 그녀의 파란만장한 사연을 듣게 된다. 수국이 피는 계절이다. 온천 주변에 핀 수국꽃 풍경은 천박하고 순진한 여인의 웃음을 닮아서 슬프다.

스트립 클럽에서 벌이는 라이브 쇼의 내용은 듣기만 해도 기겁을 할 정도로 비윤리적인데 그녀의 엽기적 고백은 그보다 한술 더 뜬다. 무슨 인생이 이토록 기구한가. 자신의 불행을 무기 삼아 신에게 오기를 부리는 여성의 모습은 이창동 감독의 영화 〈밀양〉의 신애(전도연 분)를 떠올리게 한다. 모든 이야기를 마친 여자는 긴 키스 끝에 남자의 귀에 대고 "나하고 같이 죽어줘요"라고 속삭인다. 뜬금없지만 달콤한 제안이다. 기타무라는 마음이 움직인다. 그래서 제목이 '수국꽃 정사(情死)'가 된 것이다. 하지만 불행이 습관이 된 사람들은 죽는 것도 마음대로 되지 않는다. 아버지처럼 여기던 클럽 사장이 먼저 자살을 하는 바람에 그녀는 졸지에 상주 노릇을 해야 하고 기타무라는 짧은 만남을 뒤로한 채 집으로 향한다.

「수국꽃 정사」가 실린 소설집 『장미 도둑』에는 이 작품 말고도 표제작 「장미도둑」이나 「하나마츠리」 같은 귀엽고 따뜻한 작품도 실려 있다. 하지만 내가 「수국꽃 정사」로 이 책을 소개하는 이유는 아사다 지로가 가와바타 야스나리의 글에서 "몰락한 명문가의 아이가 소설가가 되는 경우가 많다"고 쓴 문장을 읽고 소설가가 되었기 때문이다. 소설가가 된 이유치고는 너무 순진하고 낭만적이지 않은가.

오래전에 읽었던 이 소설을 다시 책꽂이에서 꺼내 읽자니 최백호의 노래 '낭만에 대하여'가 저절로 떠올랐다. 그 노래에 나오는 '도라지위스키'엔 위스키 원액이 한 방울도 들어있지 않다. 미군 부대에서 흘러나온 일본 토리스 위스키의 모조품이기 때문이다. 어쩐지 소설 속 기타무라의 인생과 닮은 것 같다. 소설은 희망찬 얘기보다는 비참하고 씁쓸한 이야기로 독자를 위로하는 힘을 가진 장르다. 아사다 지로의 이 소설을 읽으면 인생에 대해 다시 한번 생각해 보게 된다. 그럴 땐 위스키를 한잔해도 좋을 것이다. 물론 도라지위스키는 몸에 좋지 않은 데다가 요즘은 구하기도 힘드니까 그냥 포기하시길 권한다.

우리가 읽고 있는 거의 모든 SF 소설의 원형

필립 K. 딕의 「사기꾼 로봇」(『사기꾼 로봇』 집사재, 2004)

•

어렸을 때 읽은 동화책 중 가장 강렬한 기억은 우주 전쟁에 등
장한 한 스파이 이야기였다. 지구방위사령군 소속의 주인공이
적군인 우주인으로 오인되면서 아군 사이로 도망 다니다가 결
국엔 폭발하는 짧은 이야기였는데 그 반전이 기가 막혔다. 그
런데 너무 어렸을 때 읽어서 그런지 도대체 누가 쓴 소설인지
알 수가 없었다. 나이가 들면서 가끔 그 소설이 생각났지만 어
디에서도 찾을 수 없었다. 그러다 우연히 성북동에 있는 아리
랑도서관에서 '필립 K. 딕의 SF걸작선' 시리즈 중 세 번째 책
『사기꾼 로봇』을 펼쳤다가 이 이야기(표제작 「사기꾼 로봇」)
를 발견하고는 너무 기쁘고 놀라서 펄쩍 뛰었다.

특히 비밀 폭탄이었던 주인공의 몸이 폭발한 뒤에 나오는
마지막 문장 "폭발은 알파 센타우리에서도 충분히 볼 수 있을
정도였다"는 수십 년이 지났는데도 어제 읽은 것처럼 다시 기

억이 나서 반가웠다.

「사기꾼 로봇」은 아이작 아시모프와 더불어 SF의 양대 거장으로 꼽히는 필립 K. 딕의 소품이다. 나는 정말로 이 작품이 좋고 사랑스럽지만 '너무 전형적이라' 싫다는 사람도 있다. 그런데 그건 어쩌면 너무 당연한 얘기다. 필립 K. 딕은 SF 장르가 본궤도에 오르기 전 누구보다 먼저 새로운 아이디어를 내고 시간 여행이나 기억, 정체성 등에 대한 플롯의 기초를 닦아놓은 작가이기 때문이다.

지금은 사라진 라디오 프로그램 〈김태훈의 프리웨이〉에서 북 칼럼니스트 박사, 북튜버 이시한 등과 함께 독서 코너를 진행하던 김태훈이 "가만히 보면 할리우드는 스티븐 킹과 필립 K. 딕이 다 해먹는 것 같아요"라며 웃었는데 〈토탈 리콜〉(원작 「도매가로 기억을 팝니다」), 〈페이첵〉, 〈마이너리티 리포트〉, 〈컨트롤러〉(원작 「조정 팀」) 등 필립 K. 딕의 소설을 원작으로 한 블록버스터 영화들을 꼽아보면 정말 맞는 이야기가 아닐 수 없다. 아, 한 가지 더. 『안드로이드는 전기양의 꿈을 꾸는가?』가 리들리 스콧 감독에 의해 〈블레이드 러너〉로 영화화돼 1982년 처음 개봉했으나 필립 K. 딕은 완성을 보지 못하고 뇌졸중으로 쓰러졌고, 결국 그해 심장마비로 세상을 떠났다. 이 영화는 불운하게도 그해 스필버그 감독의 블록버스터 〈ET〉와 맞붙어 흥행에는 실패했지만 그 이후 영화의 진가가 알려짐으로써 수많은 애호가를 양산했다.

「사기꾼 로봇」이 필립 K. 딕 최고의 작품이라 말할 생각은 없다. 하지만 필립 K. 딕으로 입문하기 위한 책으로는 정말 안성맞춤이다. 멀게는 1980년대에 봤던 TV 시리즈 〈환상특급〉부터 넷플릭스 드라마 〈블랙미러〉의 한 에피소드 같은 이 이야기를 읽고 나면 당신은 어느덧 필립 K. 딕이라는 소설가의 또 다른 책을 읽고 싶어서 도서실 서가를 서성이게 될 것이다.

저녁에 드라마를 보는 이유는
거기에 불행한 사람이
많이 나와서라는 얘기를 들었다.
삶이 유난히 초라하게 느껴질 때
나는 이 소설들을 읽고 힘을 냈다.

우리는 왜 남의 삶이 부러울까

8

앨리스 먼로 「코리」

부희령 「구름해석전문가」

배명훈 「안녕! 인공존재」

외계인에게 제일 먼저 보여주고 싶은 단편 소설

앨리스 먼로의 「코리」(『디어 라이프』 문학동네, 2013)

●

1950년대 중반, 캐나다 서스캐치원에 있는 한 마을의 저택 식당엔 두 남자와 한 여자가 앉아 있다. 한 남자는 이제 막 건축가로서의 경력을 시작한 하워드이고 나머지 두 사람은 그에게 성공회 교회 첨탑 공사를 맡기려는 구두 공장 사장 칼턴과 그의 딸 코리다. 하워드가 보기에 코리는 스물여섯 살 먹은 '버릇없고 돈만 많은 응석받이 아가씨'일 뿐이었는데 그녀와 주변을 산책하면서 그녀의 다리가 불편하다는 것을 알게 된다. "난 소아마비를 앓았어요." 그녀는 이렇게 말하며 다음 주에 이집트로 여행을 떠난다고 했다. 그는 맹랑한 이 여성에게 묘한 매력을 느낀다.

이미 아내와 아이들이 있는 유부남 하워드와 부유한 처녀 코리의 연애는 이집트에서 보낸 엽서 한 장으로 시작된다. 그는 성공회 첨탑을 살펴본다는 핑계로 그녀가 사는 타운까지 차를 몰고 갔다가 그녀의 아버지가 뇌졸중으로 쓰러진 것을 알게 된다. 그는 갈 때마다 난롯불을 돌보던 가정부 릴리언 울프와 함께 코리의 잡일들을 도와준다. 그러면서 코리와 자연스럽게 잠자리를 갖게 된다. 그들이 계속 만나는 건 어려운 일이 아니었다. 아버지는 돌아가셨고 릴리언은 일자리를 찾아 도시로 떠났다. 코리는 하워드가 자신과 불륜 관계에 있으면서 동시에 가정에도 충실하려 하는 것을 어느 정도 이해한다. 둘의 관계가 아무에게도 해를 끼치지 않는 게 일종의 미덕이라 생각했으니까.

그런데 어느 날 하워드가 부부 동반 파티에서 그 집 하녀로 일하고 있던 릴리언을 만난 얘기를 한다. 코리의 집에서 본 하워드를 기억한 그녀는 영리하게도 그의 사무실 주소를 알아내 그곳으로 협박 편지를 보낸다. 하워드의 아내가 입고 있던 '은색 여우 모피 칼라가 달린 코트'까지 언급하면서 돈을 요구한 것이다……. 이후로 생각지도 못한 거짓과 진실이 밝혀지고 진짜 이야기는 이제부터 시작이다.

마을에서 우연히 릴리언의 죽음 얘기를 듣게 된 코리는 그동안 자신이 하워드에게 속아 정기적으로 돈을 송금해 왔다는 사실을 깨닫게 된다. 가장 믿었던 사람에게 배신을 당한 것이다. 코리는 하워드를 어떻게 해야 할까. 배신자라고 욕을 하며 당장 헤어질까. 아니면 가정과 애인을 둘 다 건사하려면 돈이 필요했을 거야 하고 끝까지 모른 척해야 하나. 짧은 이야기 속에 이런 인생의 아이러니가 완벽한 플롯으로 제시된다는 게 믿을 수 없을 정도다.

대부분의 작품이 캐나다의 작은 마을에서 벌어지는 이야기인데도 늘 공감과 감탄을 자아내게 하던 앨리스 먼로는 결국 단편 소설 작가 최초로 노벨 문학상(2013년)까지 탔다. 「코리」는 2010년 잡지 《뉴요커》에 발표된 뒤 단편집 『디어 라이프』에 수록되었는데 작가에게 세 번째 오 헨리상을 안긴 작품이기도 하다. 재미있는 건 학술지 《사이언스》에 '소설을 읽으면 타인에게 공감하는 능력이 향상된다'는 연구 결과가 실렸을 때 연구 과제를 입증해 줄 문학 소설의 예로 이 소설이 쓰였다는 사실이다. 인간의 복잡 미묘한 심리와 모순을 잘 보여주는 작품이라는 뜻이다. 만약 지구에 지금 막 도착한 외계인이 인간에 대해 속성으로 알고 싶다고 하면 이 소설부터 읽어보라 권하고 싶다.

우리는 왜 남의 삶이 부러울까

부희령의 「구름해석전문가」
(『구름해석전문가』 교유서가, 2023)

●

세상에 단편 소설이 얼마나 많은가. 그런데도 부희령 소설집의 표제작 「구름해석전문가」를 콕 짚어 언급하는 것은 어떤 기자의 말마따나 이보다 더 뛰어난 소설을 올해는 만나기 힘들 것 같다는 즐거운 예감 때문이다. 이 소설은 '구름해석전문가'라는 있지도 않은 단어를 통해 나보다는 타인이 더 그럴듯한 삶을 살 것이라 여기는 우리 내면의 나약함을 꼬집는다.

이경은 소설을 쓰고 싶어서 포카라에 왔다. 포카라는 안나푸르나가 시작되는 곳이니까 여기 오면 쓰고 싶은 소설도 시작되지 않을까 하는 가냘픈 기대 때문이다. 여기서 자신을 구름해석전문가라고 우기는 상운을 만난다. "산을 완전히 보려면 구름 아래 있어도 안 되고, 구름 속에 있어도 안 되고, 구름 위에 있어야 해요"라는 상운의 말은 얼른 들으면 뭔가 있어 보

111

이지만 사실은 헛소리에 지나지 않는다. 그런데도 이경은 혹시나 하고 귀를 기울인다.

이건 자신과 잠깐 연인 사이였던 소설가 선우의 노트북을 포카라까지 가져온 행위와도 통한다. 선우가 잠깐 심경의 변화를 일으켜 이경에게 맡겼다가 돌려달라고 사정하는 그 노트북은 비밀번호를 몰라서 열 수가 없다. 이경은 노트북이 열리기만 하면 자신의 소설이 시작될 것이라 믿으며 선우가 자주 가는 카페, 이야기할 때마다 등장하는 숫자, 5년째 거주하고 있는 연립주택의 이름 등등을 빈칸에 넣어보지만 그 어떤 것도 비밀을 여는 열쇠가 되어주지 못한다.

소설은 포카라라는 낯선 곳에 온 이경과 거기서 만난 상운과 진상, 그리고 한국에서 문자 메시지를 보내오는 선우까지 체스의 말처럼 능숙하게 부리며 허상을 좇는 현대인의 모습을 그린다. 우리는 왜 남의 삶을 부러워할까. 자신의 인생에 뚫린 빈 구멍들이 더 잘 보여서일까. 비밀번호 얘기는 이 책에 있는 다른 소설 「완전한 집」에도 등장한다. 아마도 부희령 작가는 그렇게 인생이 간단하게 풀리는 비밀번호라는 게 정말로 존재하겠느냐는 말을 하고 싶어서 이런 이야기를 쓴 것인지도 모르겠다. 선우의 노트북은 알프레드 히치콕의 영화에 등장하던

'맥거핀'*이었던 것이다. 사실은 아무것도 아니었다는 말이다.

　나는 그래도 마지막에 이경이 젖은 풀잎과 두려움을 헤치고 덤불 속에서 볼일을 보고는 선우의 삶에 대한 집착을 버려서 다행이라고 생각했다. 더불어 기댈 데 없이 허술한 상운의 말을 떠올리며 어둠 속에서 혼자 웃는 장면도 좋았다. 우리가 소설을 읽는 이유는 그 이야기가 거짓말인 걸 알면서도 거기에 자신의 인생을 비춰볼 수 있기 때문이다. 그런 면에서 부희령의 단편 「구름해석전문가」는 '인생 해석 전문가'가 쓴 소설이라 불러도 될 정도로 탁월하다.

* 맥거핀(MacGuffin): 영화에서 중요한 것처럼 등장하지만 실제로는 줄거리에 영향을 미치지 않는 극적 장치.

돌멩이로 쓸모없음의 쓸모를 증명하다

배명훈의 「안녕, 인공존재!」
(『안녕, 인공존재!』 북하우스, 2020)

•

기발하고도 감동적이었던 코믹 SF 영화 〈에브리씽 에브리웨어 올 앳 원스〉의 마지막 장면에 나오는 돌멩이를 보면서 배명훈의 소설집 『안녕, 인공존재!』를 떠올렸다. 거기에도 잊을 수 없는 돌멩이가 하나 나오기 때문이다. 표제작인 「안녕, 인공존재!」에는 과학자이자 대기업의 상품 개발자인 신우정 박사의 발명품이 하나 나오는데 그게 바로 돌멩이다.

신 박사는 자살하면서 아무짝에도 쓸모없어 보이는 이 돌멩이를 신제품이라고 우기며 옛 애인이자 친구인 경수에게 "이 제품이 존재를 증명한다는 것을 증명해 달라"는 알쏭달쏭한 유서를 남긴다. 그녀는 예전부터 약간 쓸모없어 보이는 제품을 만들기로 유명했는데 그래도 소비자들에겐 인기가 있었다. 자판이 존재하지 않는 '불편한 PC'를 만드는가 하면, 목적

지를 입력하면 "글쎄요. 애매한데요……"라고 대답하는 내비게이션을 출시하는 식이었다.

SF이면서 서사도 능숙한 소설을 읽는 것은 즐거운 일이다. 지금은 사라진 《판타스틱》이란 장르 문학 전문 잡지를 통해 배명훈을 만나 그의 작품들에 매료되었다. 데뷔 당시에 "설정을 굉장히 세게 한 뒤 일반 소설 쓰듯이 쓰고 그냥 SF라고 우기면 되지 않을까"라는 생각으로 SF 작가가 되었다는, 이 농담 같은 그의 소설들은 그래서 그런지 설정만 SF이고 등장인물들의 행동이나 사고방식은 지극히 현실적이다. 배명훈의 최고작으로 연작 소설 『타워』를 꼽는 사람이 많고 나도 거기에 실린 「타클라마칸 배달 사고」라는 감동적인 소설을 무척 좋아하지만 그래도 『안녕, 인공존재!』야말로 배명훈이라는 SF 작가의 정체성을 가장 잘 드러내준 창작집이라고 생각한다. 특히 표제작은 반짝이는 아이디어 뒤에 존재론적 성찰까지 깔려 있어서 읽는 맛이 남다른 데다 경수와 신 박사의 남편이 나누는 대화는 정말 웃기고 재밌다. 헤밍웨이가 말했듯이 소설가라도 대사를 잘 쓰는 건 정말 어려운 일인데 배명훈은 특히 그런 면에서 무척 뛰어나다.

배명훈은 이후에도 많은 소설을 냈는데 나는 그의 소설에 자주 등장하는 '은경 씨'의 팬이다. 실연당한 은경 씨가 구입한 중장비가 하필 예비군 훈련 징발 대상이 되는 바람에 화성까지 날아가 "예비군 훈련 때는 간식 안 주나요"라는 엉뚱한 질문을 일삼다가 급기야 기계 연합군과 전쟁을 벌이게 되는 이야기 「예비군 로봇」(『예술과 중력가속도』에 수록)은 배명훈이라는 작가가 얼마나 엉뚱한 면이 있는지 보여주는 작은 예다. 그 밖에도 로봇 공학자들이 벌레보다 작은 극소형 로봇으로 벌이는 스파이전 이야기, 수면 공학을 연구한 덕분에 꼴 보기 싫은 총통의 임기 5년 동안 잠을 자게 된 남자 이야기…….

아무래도 나는 그의 초기작을 더 좋아하는 것 같다. 북튜버 김겨울이 자신의 유튜브 채널 '겨울서점'에서 배명훈의 오랜 팬임을 고백하는 방송을 본 적이 있다. 배명훈 이후에 뛰어난 SF 작가들이 많이 등장했지만 아직도 이렇게 이 작가를 좋아하고 응원하는 사람이 있다니 무척 반가운 마음이었다. 아직 안 읽었다면 지금이야말로 배명훈 입문의 기회다. '쓸모없는 존재의 쓸모'를 소설로 증명하는 게 바로 이런 것이구나 하고 무릎을 치게 될 것이다.

SF는 과학 지식이 부족해도
재밌게 읽을 수 있어야 한다.
SF 작가일수록 과학적 소양보다
문학적 재능이 필요하다고
내가 생각하는 이유다.

SF도 입심 좋은 작가의 작품이 더 좋아

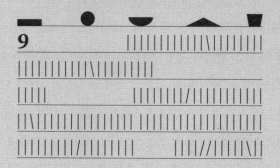

존 스칼지 『노인의 전쟁』

켄 리우 『종이 동물원』

설재인 『너와 막걸리를 마신다면』

놀라운 아이디어와 필력으로 무장한
SF 우주 활극

존 스칼지의 『노인의 전쟁』(샘터, 2009)

●

'스포츠카의 비애'라는 게 있다. 젊어서는 경제적 능력이 안 돼서 못 타고 나이가 들면 체력과 스타일이 안 돼 못 타는 게 스포츠카라는 얘기인데, 이건 인생에도 똑같이 적용된다. 체력과 순발력의 정점인 20대엔 지혜와 경험이 모자라고 나이가 들어 지혜가 생기면 몸이 말을 안 듣기 시작한다. 그런데 70대 노인의 정신에 20대의 육체를 결합시킬 수 있다면 어떻게 될까. 이런 상상력을 바탕으로 태어난 SF 소설이 있으니 바로 존 스칼지의 『노인의 전쟁』 시리즈다. 내가 굳이 시리즈라고 일컫는 것은 이 소설의 빅 히트 덕분에 『유령여단』, 『마지막 행성』 그리고 외전 격인 『조이 이야기』까지 확장된 설정과 캐릭터들의 이야기가 계속 이어졌기 때문이다.

이 소설의 첫 문장은 이렇다. "75세 생일엔 나는 두 가지 일을 했다. 아내의 무덤에 들렀고, 군에 입대했다." 75세에 입대라니 어이가 없다. 하지만 이 소설은 바로 이 지점에서부터 재미가 생긴다. 식민지를 보호하기 위한 군사 조직인 식민지 연합군(CDF)은 75세 이상의 지원자들을 모집해 우주 개척 전쟁을 벌이러 나간다. 새로운 몸을 받은 군인들은 DNA를 상당히 변화시킨 덕분에 젊음은 물론이고 초능력까지 갖추게 된다. 무술 영화나 히어로물에서 주인공이 처음 초능력을 가지게 되었을 때의 놀라움과 희열이 가장 벅찬 장면이었던 것처럼, 여기서도 노인들이 다시 젊은이의 몸을 가지게 되었을 때 일어나는 일들이 가장 신난다. 그들은 똑똑한 피의 도움으로 1초 만에 지혈을 하고 100미터를 7초에 주파하며 젊은이들처럼 섹스한다. 그들에게 이런 특혜가 주어지는 것은 혹독한 훈련을 마친 뒤 200억의 인류와 다른 지성체 4조가 있는 우주로 나가 전쟁을 해야 하기 때문이다.

우주에서 만난 기기묘묘한 지성체들을 겉모습만으로 판단했다가는 큰코다친다. 이상하게 생긴 종족 바퉁가는 수학에 뛰어난 선량한 심해인이지만 멀쩡하게 생긴 종족 살롱은 인간이 먹기 좋다는 걸 안 다음부터는 개척지를 공격해서 인간 고기 공장을 세웠다. CDF 군인들의 사망률이 높은 이유는 바로 이것이다. 늘 새로운 전투에서 새로운 상대와 싸워야 하기에

직감 하나만으로 좋은 상대, 나쁜 상대를 가려낼 수 없는 것이다. 살짝 스포일러이지만 살롱에게 호되게 당한 CDF 군인들도 가만히 있지 않았다. 그들은 살롱 종족의 개척 지도자를 잡아 야외에서 산 채로 구웠다.

2002년부터 블로그에 SF 소설을 연재하다 2005년에 책으로 출간하고 2006년엔 휴고상 후보에 오른 괴력의 작가 존 스칼지는 스토리텔링과 과학적 지식이 결합된 이야기를 자유자재로 펼쳐 보인다. 그는 질투, 욕심, 누군가를 지배하려는 마음 등 인간이 가지고 있는 욕망을 꿰뚫고 있으며 역사와 인문학적 지식도 탁월하다. 게다가 입담이 장난 아니다. 훈련소에서 나오는 밥을 처음 먹어본 주인공이 "아침 식사는 굉장했다. 그 자리에 펼쳐진 것 같은 아침 식사를 만들 수 있는 여자와 결혼했다면 간디라도 단식을 멈췄을 것이다"라고 말하는 식이다. 후속작 『유령여단』 도입부에 장교들이 나이를 가지고 탁구 치듯 던지는 농담들은 스탠딩 개그를 방불케 한다. 그렇다고 가벼운 유머만 있는 것은 아니다. 훈련소 교관이 굳이 노인들을 불러 모아 부대를 만든 이유를 설명할 땐 "자네들 대부분 자식이나 손자를 키워봤고 자신의 이기적인 목적을 넘어서는 일을 하는 가치에 대해 이해하고 있다. 타인을 위해서 벌이는 이

싸움의 가치를 인식하고 있는 것이다. 이런 개념을 열아홉 살 짜리 뇌에 박아 넣는 건 힘든 일이지"라는 공감 가는 설명도 할 줄 안다.

다음 이야기가 궁금하니 어서 작품을 더 써달라는 말을 듣는 작가만큼 행복한 존재가 또 있을까. 독자들은 『마지막 행성』으로 끝난 이 이야기를 더 이어달라고 채근했고 작가는 존 페리와 제인 세이건 커플의 딸 조이를 일인칭 화자로 등장시킨 『조이 이야기』로 화답했는데, 많은 독자들이 본 시리즈보다 이 외전이 더 사랑스럽고 감동까지 있다고 평했다. 존 스칼지는 10대 소년의 말투를 알기 위해 10대인 여성들에게 초고를 보여주는 성의를 보였다고 한다. 나는 『노인의 전쟁』 주인공 존 페리가 지구에 있을 때 직업이 카피라이터였다는 게 재밌었다. 그는 특수 차량을 위한 타이어를 만드는 너바나 타이어 회사의 마스코트 윌리휠리가 등장하는 광고를 만든 적이 있는데 훈련 교관 루이즈가 그 카피에 감복해 이혼을 감행했다는 것이다. 루이즈가 감탄한 카피는 "그저 박차고 떠나야 할 때가 있다"였고 이 인연으로 존 페리는 교관의 신임을 얻는다.

아, 할 얘기가 너무나 많다. 그러나 다 얘기하자면 수다스러워질 뿐이니 어서 책을 사서 읽으시라. 가까운 구립이나 시립 도서관에만 가도 존 스칼지의 웬만한 책은 다 있다. 당신만 안 읽었지 다른 독자들은 호시탐탐 다 읽고 있다는 증거다. 넷플릭스에서 판권을 샀다고 하니 조만간 영상으로도 만날 수 있을 것이다. 그러나 늘 그렇듯이 책으로 읽는 게 제일 재밌다. 어떤 한국 독자는 "출퇴근길에 지하철에서만 읽었는데 열흘 만에 세 권을 읽었다. 대단한 흡입력이다"라는 댓글을 달았다. 엄청 재밌다는 소리다.

뛰어난 작가의 데뷔작은 반드시 소장하라

켄 리우의 『종이 동물원』(황금가지, 2018)

•

어렸을 땐 괜히 식구들을 창피해하거나 집안에 대한 근거 없는 콤플렉스에 시달리기도 한다. '사진결혼'을 통해(아빠는 엄마를 카탈로그에서 골랐다) 아빠와 결혼한 엄마를 둔 중국계 미국인 꼬마인 경우엔 더욱 그럴 것이다. 마크의 엄마는 영어를 끝내 배우지 못했지만 그렇다고 바보는 아니었다. 아니, 어떤 면에서는 마크가 상상도 못 할 정도로 뛰어났다. 엄마는 포장지를 접어 호랑이를 만들고 숨을 불어넣었고 호랑이는 살아서 으르렁거렸다. 엄마의 종이접기는 마술이었다. 그녀는 종이접기를 하며 자신이 생활고 때문에 카탈로그에 사진을 실을 수밖에 없었던 사연을 아들에게 들려주었고 자연스럽게 중국의 문화 대혁명 얘기까지 해주었다. 하지만 마크는 종이로 접은 호랑이 '라오후'보다 영화 〈스타워즈〉의 오비완 케노비 인형이 더 좋았다. 여기는 미국이었다. "영어로 말해요."

마크는 엄마를 경멸했다. 경멸의 맛은 달콤했다. 와인처럼.

엄마가 암으로 돌아가시고 2년이 지난 후 호랑이 라오후가 다시 살아났다. 그는 마크의 무릎 위로 뛰어오르더니 저절로 풀어지며 그 종이에 엄마가 남긴 편지를 보여주었다. 하지만 한자로 쓰인 편지였다. 마크는 밖으로 뛰어나가 한자를 읽을 수 있는 사람을 찾는다. 그리고 편지의 내용을 들려달라고 부탁한다. 편지에 담긴 엄마의 애틋한 마음을 드디어 알게 된 마크는 오열한다. "너한테 처음으로 종이 동물을 접어 줬을 때, 그래서 네가 웃었을 때 난 세상 모든 걱정이 사라지는 것만 같았어." 엄마의 말을 다시 편지로 읽은 날은 마침 청명절이었다. 그날은 죽은 사람들의 넋이 가족을 찾아올 수 있게 허락받은 날이라고 전해진다. SF나 판타지 소설도 이렇게 읽는 이의 가슴을 미어지게 할 수 있다는 것을 보여주는 작품이었다.

2012년 미국 SF계는 켄 리우 때문에 난리가 났었다고 한다. 잡지에 실렸던 단 한 편의 소설 「종이 동물원」이 네뷸러상 *과 휴고상**을 넘어 세계환상문학상***까지 휩쓸어버리는 사건이 일어난 것이다. 이건 SF(Sci-Fi)뿐 아니라 판타지 쪽에서도 앞다투어 그를 사랑한다고 고백하는 것에 다름 아니었다. 소설을 쓴 켄 리우는 열한 살 때 부모를 따라 중국에서 미국으로 이주해 하버드대에서 영문학을 전공했고 졸업 후에는 마이크로소프트에서 일하다 다시 조세 전문 변호사로 변신한 이력을 가지고 있다. 그런데 무엇이 이 새파란 신인 작가를 단숨에 문학의 신데렐라 자리에 올려놓았을까.

켄 리우의 『종이 동물원』을 처음 읽고 나는 '드디어 테드 창을 능가하는 소설가가 나타났군'이라며 좋아했다. 확실히 내 취향이었다. 나는 테드 창이나 그렉 이건의 하드 SF 작품보다는 스토리에 따뜻함과 안타까움이 묻어나는 켄 리우의 소설이 좋았다. 사실 「종이 동물원」은 SF라기보다는 판타지에 가까웠다. 하지만 그런 건 별로 중요하지 않다. 작가 자신도 판타지와 SF를 구별하는 데는 별 관심이 없다고 밝히고 있다.

인간이라는 종(種)은 기본적으로 이야기를 통해 세계를 이해하도록 진화했다. 나는 법학 교육을 받고 변호사로 일해 온 까닭에 사실과 숫자가 인간을 설득하지 못하는 것을 이제껏 눈앞에서 생생하게 지켜보았다. 그것은 오로지 이야기만이 할 수 있는 일이다.

켄 리우의 또 다른 단편집 『어딘가 상상도 못 할 곳에, 수많은 순록 떼가』의 서문에 나오는 이 말은 자신이 왜 이야기꾼을 직업으로 삼게 되었는지에 대한 적절한 대답처럼 느껴졌다.

표제작인 「종이 동물원」 얘기만 해서 그렇지 이 책에 실린 소설들은 모두 빼어나다. 누군가 "뛰어난 작가의 데뷔작은 반드시 사라. 우수할 수밖에 없으니까"라고 했다는데 이 책이 바로 그 예이다. 개인적으로는 구미호와 사냥꾼이 나오는 스팀펑크물 「즐거운 사냥을 하길」이 특히 좋았다. 넷플릭스에서 팀 밀러와 데이비드 핀처가 함께 기획한 연작 애니메이션 〈러브, 데스 + 로봇〉에 단편으로 만들어졌으니 구미가 당기면 그것도 한번 찾아보시기 바란다. 애니메이션의 제목은 'GOOD HUNTING'이다.

* 네뷸러상(Nebula Award): 1966년부터 미국SF판타지작가협회(SFWA)가 지난 2년 동안 미국 내에서 출판 및 발표된 SF 작품을 대상으로 매년 수여하는 문학상이다.
** 휴고상(Hugo Award): SF 평론가이자 세계 최초의 SF 잡지 《어메이징 스토리스》의 편집자 휴고 건즈백을 기념하기 위해 만든 상. 1953년 제11회 월드콘(세계 SF 대회)에서 처음 시상했으며, 2년 뒤인 1955년부터 매년 시상하고 있다. 'SF계의 노벨상'으로 불린다.
*** 세계환상문학상(World Fantasy Award): 1975년 시작된, 가장 권위 있는 판타지 문학상. 같은 해에 설립된 세계 판타지 대회에서 매년 수여한다.

엔진이 튼튼한 차를 타고 달리는 기분

설재인의 『너와 막걸리를 마신다면』(밝은세상, 2021)

●

SF라고 하면 떠오르는 선입관이 몇 개 있었다. 주인공이 외국 이름을 가졌다든지 어려운 물리학 용어가 계속 나온다든지 하는 것들 말이다. 아마도 사이파이(Sci-Fi)라는 용어 자체가 서구에서 시작되었고 아직도 이 장르의 종주국은 영어를 쓰는 나라들이라는 생각이 지배적이어서 그럴 것이다. 그런데 그런 콤플렉스는 조금도 없이 우리 곁의 평범한 일상으로도 재미있는 이야기를 만들어내는 SF 작가 중 설재인이 있다. 단편 소설인데도 제목이 지나치게 소박한 느낌이었다. '너와 막걸리를 마신다면'이라니. 막걸리와 SF에 무슨 접점이 있을까.

이 소설은 서른세 살 먹은 딸이 엄마랑 등산 갔다가 내려와 막걸리 한잔하고 여자 화장실에 들어가 우연히 '평행 우주'로 빠져들어 가는 얘기다. 주인공이 간 곳에도 똑같은 엄마 아빠가 있지만 자신인 딸은 사라지고 이름이 똑같은 아들이 하나 있다. '패럴렐 월드'에서 주인공의 성별만 바뀐 것이다. 이렇게 황당하고 비현실적인 이야기로 시작하지만 끝까지 즐겁게 읽을 수 있었던 건 설재인이라는 작가의 뛰어난 문장력과 곳곳에서 튀어나오는 성찰 그리고 유머 덕분이다.

게다가 모든 게 구체적이라 좋다. 사이가 틀어졌던 베스트 프렌드에게 자신의 정체를 설명할 땐 외국 가수 아론 카터 얘기를 꺼내고, 햄버거집 아르바이트를 거론할 때도 그냥 햄버거집이라 하지 않고 '맘스터치 알바'라고 브랜드를 정확히 지칭한다. 친해진 경찰과 막걸리를 마실 때 "송명섭으로 드라이하게 한 병씩 마시고 그다음에 금정산성으로 넘어가도 되죠" 같은 문장은 정말 그렇게 마셔본 사람으로서 공감하지 않을 도리가 없다. 그렇다. 이 소설가는 '공감'이 뭔지 안다. 엔진이 튼튼한 자동차를 타고 달리는 기분이다.

무엇보다 마음에 드는 건 당황해서 누렇게 뜬 남자애의 얼굴을 "지지난 계절에 제사 지내려고 둥그렇게 윗부분의 껍질을 깎아놓고는 잊은 채 냉장고에 방치한 사과 같았다"라고 묘사하거나, 인생의 위기를 맞은 옛날에 친했던 친구가 "나는 가끔 인생이 테트리스 같다는 생각을 해. 너무 많이 잘못 쌓인 블록들이 있을 때 긴 블록 하나가 내려오면 갑자기 앞날이 뻥 뚫리잖아"라고 하는 등의 절묘한 표현력이다. 시도 때도 없이 거침없이 내뱉는 여자들의 찰진 욕도 매력 포인트다.

영화 시나리오처럼 시퀀스만 건조하게 나열하는 SF 소설들이 많은데 이런 작품은 그들과 잠깐만 비교해 봐도 차원이 다르다. 게다가 따뜻하고 소박한 결말이다. 설재인은 서울대 수학과를 나와 고등학교에서 수학 선생을 하다가 아이들의 눈망울을 쳐다보는 게 괴로워서 교직을 그만두고 소설을 쓰기 시작했다고 한다. 학생들을 위해서나 독자들을 위해서나 참 잘된 일이다.

1월에 읽든 12월에 읽든
'이건 올해의 책이군' 하고
감탄하게 하는 소설이 있다.
1년에 한 권씩은 이런 소설을
만나고 싶은 바람이 있다.

내 마음속에서 일등을 했던 소설들

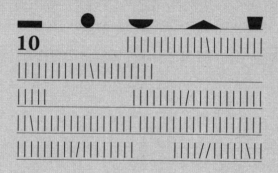

권여선 『안녕 주정뱅이』

이화경 『하염없이 무엇을 생각합니다』

한강 『소년이 온다』

술을 사랑한 소설가의 소설

권여선의 『안녕 주정뱅이』(창비, 2016)

●

어느 해 연말, 동네 카페에 가서 일 년 동안 읽은 책 리스트를 정리하고 있는 나를 보고 아내가 말했다. "그러지 말고 책 좋아하는 사람들끼리 모여서 소설 읽는 모임을 만들어보지 그래? 한국 소설만 읽는 모임으로." 그렇게 해서 한 달에 한 번 가까운 친구들이 두 번째 토요일 오후 2시에 모여 함께 책을 읽고 수다를 떨다가 술을 마시러 가는 모임이 시작되었다. 이름은 '독(讀)하다 토요일'이라 지었다. 한자 읽을 독 자를 이용한 언어유희였는데 의외로 반응이 좋았다. 그 모임에서 내가 첫 번째로 읽자고 한 책이 바로 권여선의 『안녕 주정뱅이』였다.

선정 이유는 그 해 나온 우리나라 소설 중에 가장 인상 깊게 읽은 작품이었기 때문이다. 이전에 읽었던 『비자나무 숲』

도 좋았지만 이 소설집은 뭔가 그보다 더 '찐한' 느낌이 있었다. 제목에 주정뱅이라는 단어가 들어 있지만 정작 수록된 단편들엔 그런 제목이 없다. 대신 고독하게 혼자 술을 마시며 삶을 견디거나 술 때문에 삶을 망가뜨린 사람들이 여럿 나온다. 권여선 작가 자신도 술을 좋아하고 잘 마시기로 유명하다. 젊었을 때부터 술자리에 앉아 있다 보면 늘 끝까지 남는 편이었고, 데뷔작인 『푸르른 틈새』에서도 아버지와 딸이 밥 먹을 때마다 각자의 술병을 앞에 두고 소주를 마시는 장면이 나올 정도다(그의 술과 안주 사랑은 결국 술안주에 대한 신문 칼럼을 쓰기에 이르러 『오늘 뭐 먹지?』라는 책으로 묶여 나오기도 했다).

술을 좋아하는 나로서는 사랑하지 않을 수 없는 작가요 책이었다. 그런데 왜 하필 술인가. 지구상에 법으로 금지되지 않은 중독성 식품은 술과 담배가 대표적이다. 힘든 현실에서 그나마 숨통을 틔워 주는 게 저녁때 마시는 한잔의 술 아닌가. 하지만 선을 넘는 음주는 언제나 불행을 부른다. 요양원에 머무는 영경과 수환 부부도 그렇다. 영경이 편의점에 가서 소주와 맥주를 섞은 소맥부터 시작해 여관에 들어가 인사불성이 되도록 마시는 장면 묘사는 정말 압권이다. 슬프도록 아름답다는 말은 이럴 때 쓰는 것이다. "나는 나를 파괴할 권리가 있다"라는 프랑수아즈 사강의 법정 진술은 김영하의 동명의 데뷔작이 아니라 권여선의 『안녕 주정뱅이』에 실린 「봄밤」에 와서야 비로소 육체를 얻은 기분이다.

워낙 좋아하는 책이라 할 말이 많지만 이미 읽은 분들이 너무 많을 것 같아 '공감'의 열기만 확인하고 이 정도에서 그치겠다. 2016년 제47회 동인문학상 수상작으로 선정될 때 "한국 문학사에 진정한 주류(酒類) 문학의 탄생을 알리는 소설집"이라는 웃기는 평가를 받았고, 교보문고가 정한 '소설가 50인이 뽑은 올해의 소설' 1위에 뽑힌 책이다. 이 작가의 소설은 어떤 걸 읽어도 최고라는 얘긴데, 2023년에 나온 『각각의 계절』이 또 한 번 '소설가 50인이 뽑은 올해의 소설' 1위에 뽑혔다. 동료 작가들이 한마음으로 인정하는 소설가라는 뜻이다.

페이스북을 통해 알게 된 기가 막힌 소설가

이화경의 『하염없이 무엇을 생각합니다』

(모놀로그, 2023)

●

이화경은 이미 알려진 작가였는데 나만 모르고 있었다. 페이스북 친구인 서평가 김미옥 선생이 "나는 왜 여태 이 작가를 몰랐는지"라고 한탄을 하며 소설가 조성기 선생 덕분에 알게 된 행운에 감사했는데 그건 나도 마찬가지다. 두 분의 연쇄 추천에 힘입어 작가가 13년 만에 펴냈다는 세 번째 단편선 『하염 없이 무엇을 생각합니다』를 당장 구입해 홀린 듯 읽었다.

첫 번째 작품이자 표제작인 「하염없이 무엇을 생각합니다」 부터 펼쳤는데 도대체 예사롭지 않은 서술 방식이다. 김소월 의 시 「개여울」의 한 대목으로 소설 제목을 삼은 기개를 보라. 누구나 아는 시 구절을 가져와 제목으로 삼음으로써 독특한 정서를 자아낸다. 화자 엘제는 문학을 전공하고 글쓰기 강연 도 하는 작가인데 알코올 중독으로 입원과 퇴원을 밥 먹듯 하는, 대인 기피증까지 있는 오빠 한스 때문에 골머리를 앓고 있다(등장인물이 왜 외국 이름인지는 모른다). "자넨, 여전히 영리한데 참 싸가지가 없어"라고 '데카당(décadent)'한 지식인 흉내를 내는 한스도 웃기지만 오빠를 병원으로 데려가는 길에 한스 주변을 치우다가 "그를 토막 쳐서 100리터짜리 쓰레기봉투에 넣어 한꺼번에 버릴 수는 없을까"를 심각하게 고민하는 대목에서는 웃음을 참을 수가 없었다. 하지만 웃기기만 하는 게 아니라 "사랑의 또 다른 이름은 전전긍긍이라고 했던가" 같은 철학적 단상들도 명멸하는 짜임새 있는 단편이다.

"나는 목포의 새아씨였습니다"라는 문장으로 시작하는 두 번째 단편 「노라의 뽄(本)」은 사실 제목을 제대로 표기하기 힘든 작품이다. '뽄'을 ㅂ과 ㅅ으로 썼기 때문이다. 소설 제목이나 중간에 나오는 '썸머 바케이숀'이라는 단어처럼 표기만 옛날식이 아니다. 화자(또는 이화경 작가)는 100여 년 전 가수 윤심덕과 함께 현해탄에 몸을 던져 자살한 지식인 김우진의 부인으로 화해 무성 영화의 변사가 된 듯 '이쪽'이 아닌 '저쪽'만 동경하다 자살해 버린 남편을 비웃는다. 서늘하면서도 공연히 좀 나무라는 듯한 느낌의 문장을 따라 읽다 보면 이건 일본 애니메이션 〈붉은 돼지〉의 여인이 내레이션을 맡으면 딱

맞겠구나 하는 엉뚱한 생각도 하게 된다.

소설에서 일어나는 모든 일에 인과 관계가 있어야 하는 건 아니지만 그걸 만드는 게 소설가의 능력이기도 하다. 휴대폰 액정이 깨지는 것과 주인공의 상황과는 상관이 없지 않은가. 하지만 이화경 작가는 "액정에 부서진 내 얼굴이 조각조각 반짝였다. 나는 언제나 깨질 때만 빛난다"라는 문장으로 기어이 필연을 만들어낸다. 모란이 피는 닷새 덕분에 나머지 삼백예순 날을 견디는 아버지 이야기인 「모란, 삼백예순 날 하냥 섭섭해」는 소설이라기보다는 차라리 긴 시를 나른하게 읽는 기분이었고, 알코올 중독 아버지와 도박 중독 어머니 사이에서 태어나 학대를 당하다가 가출했던 소년이 다시 소환되어 아버지에게 간 이식 수술을 해주고 결국 극단적 선택을 하는 「당신은 무슨 일로 그리 합니까」라는 단편은 일부러 비참한 이야기를 지어내고 싶어서 작가가 때때로 자학을 하는 게 아닌가 의심이 들 정도로 설정이 기괴했다.

『하염없이 무엇을 생각합니다』를 읽다가 인터넷 서점에 들어가서 이화경의 작품들을 다시 검색해 보고는 아직 읽을 책이 많다는 사실에 안심했다. 냉장고에 당분간 먹을 밑반찬을 차곡차곡 쌓아놓은 것처럼 뿌듯했다. 이화경을 읽자. 후회하지 않을 것이다. 아니, 후회할 것이다. 여태 이런 소설도 읽지 않고 뭘 했나 하고.

너무 다행이다, 우리에겐 한강이란 작가가 있어!

한강의 『소년이 온다』(창비, 2014)

●

한강은 『채식주의자』로 맨부커상*을 탔고 『작별하지 않는다』로 한국 작가로는 최초로 메디치상**까지 받은 대작가다. 하지만 누가 나에게 한강 작가의 작품 중 딱 하나만 권하라고 한다면 망설이지 않고 『소년이 온다』를 추천할 것이다. 2015년 병원에 입원한 가족 면회를 하러 가는 전철 안에서 읽었고, 일요일인데도 회사로 출근을 해야 하는 상황에서도 읽었고, 야근을 하며 광고 아이디어를 내는 도중에도 틈틈이 한숨을 내쉬고 나중엔 눈물까지 흘리며 마지막 장을 덮었던 그 순간들을 어찌 잊을 수가 있을까.

소설가가 근현대사를 소재로 작품을 쓰는 건 굉장한 모험이다. 역사적 사실과 목격자들이 산재해 있으므로 사실 관계에 빈틈이 없어야 함은 물론이며 그렇다고 신문 기사처럼 건

조하면 안 되기에 온갖 상상력을 동원해 피와 살을 가진 살아 있는 캐릭터를 만들어내야 한다. 그런데 이 어려운 일을 한강 작가는 해낸다. 한강은 살아 있는 사람만을 그리지 않는다. 이미 죽어 유령이 된 소년까지 등장시킨다. 그리고 특이하게도 '너는'으로 시작하는 이인칭 문장을 구사하는데 그게 소설의 주제와 그렇게 잘 들어맞을 수가 없다.

우리 현대사의 비극인 광주항쟁을 그린 이 소설을 펴는 순간 독자는 1980년 5월 광주 한복판으로 걸어 들어가게 된다. 사람과 유령을 오가는 상상력도 놀랍고 아픈 현대사를 이토록 애잔하게 쓸 수 있는 소설가의 능력에 고개 숙여 감사하게 된다. 나는 이 소설을 읽고 처음으로 5.18 당시 진압군들이 지급 받은 탄환이 모두 팔십만 발이었다는 것을 알았다. 그 도시의 인구가 사십만 명이었을 때였다. 이 소설을 읽고 처음으로 평범하게 생긴 검은색 모나미볼펜이 무서워졌다. 계엄군들이 시민군 중 이른바 극렬분자, 총기 소지자만 따로 체포해 모나미 볼펜을 손가락 사이에 교차시켜 끼우고 고문을 했다는 것을 알았기 때문이다. 이 소설을 읽고 따귀를 연거푸 일곱 대 맞은 사람은 어떤 기분일까 생각해 보았다. 그것도 말없이 자기를 바라보던, 사무적인 일을 앞둔 사람처럼 침착한 눈을 한 사내가 갑자기 손을 쳐들어 연속으로 힘껏 내려치는 일곱 대의 따귀를 맞은 여성은 어떻게 되는지 처음으로 상상해 보게 되었다.

끔찍했다. 한강은 말한다. 유난히 폭력적인 성향의 군인들이 있었다고. 부마항쟁 때도 가능한 한 과격하게 진압하라는 명령이 있었고, 특별히 잔인하게 행동한 군인들에게는 상부에서 몇십만 원씩 포상금이 내려왔었다고. 베트남전에서도 그랬고 제주도에서, 중국 관동과 난징에서, 보스니아에서, 모든 신대륙에서 그렇게 했던 것처럼 인류의 몸 어딘가엔 잔인성의 유전자가 숨어 있는 것 같다고.

한강의 『소년이 온다』를 읽기 전까지 소설가가 이렇게 역사의 현장으로 직접 걸어 들어가는 경우도, 인간이라는 존재를 이렇게 아프게 까발리는 소설도 보지 못했던 것 같다. 이렇게 담담하면서도 명징하게 비극을 그려내는 작가를 만나본 적이 있던가. 한강은 자신이 쓴 소설을 처음부터 끝까지 다 소리 내어 읽으며 퇴고한다는 말을 들었다. 작가가 한 글자 한 글자 다 소리 내어 읽었을 문장들을 나는 눈으로만 읽는 게 미안할 지경이다. 우리에게 한강이라는 작가가 있어서 정말 다행이다.

* 맨부커상(The Man Booker Prize): 1969년 영국의 부커사가 출판과 독서 증진을 위한 독립 기금인 북 트러스트의 후원을 받아 제정한 문학상. 2002년 부터 맨 그룹(Man group)이 후원하기 시작하면서 맨부커상으로 이름이 바뀌었다.

** 메디치상(Prix Médicis): 프랑스의 문학상으로 1958년부터 시상해 왔다. 매해 11월, 재능에 비하여 잘 알려지지 않은 작가의 작품에 상을 수여한다. 한국 작가로는 소설가 한강이 2023년 포르투갈 소설가 리디아 조르즈와 함께 프랑스어로 번역된 외국 소설을 대상으로 하는 메디치 외국문학상을 공동 수상하였다.

어린이를 위해 샀다가
그 어린이에겐 다른 걸 선물하고
집으로 가져온 그림책들이 있다.
어린이가 어른의 스승이듯
그림책은 인생의 나침반일 때가 많다.

이런 그림책은 모두를 기쁘게 하지

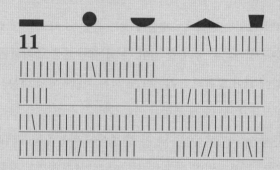

그랜트 스나이더 『책 좀 빌려줄래?』

미야자와 겐지 『비에도 지지 않고』

다비드 칼리 『4998 친구』

이 책을 받고도 싫어하는 사람이 있을까

그랜트 스나이더의 『책 좀 빌려줄래?』(윌북, 2020)

•

2023년 12월 마지막 주, 제주에 있는 책방 '소리소문'에 갔을 때 아내가 매대에 놓인 걸 집어 든 책이다. 책을 좋아하는 사람, 집에 책이 많은데도 기어이 또 사는 사람들의 심리를 너무나 명쾌하고 재미있게 표현한 카툰집이다. 예를 들어 「나는 정말 문제야」 꼭지에서는 자신이 책 중독에 빠졌음을 고백하고 "하지만 요즘 사람이 책 읽을 시간이 어딨어" 하면서 책을 읽는 사람은 대개 부랑자, 할 일 없는 재벌 2세, 골프 안 치는 은퇴자, 신동, 수감자, 수도사, 문학 평론가, 소설가……라고 열거하는 식이다.

이 꼭지의 결론은 독서가 위험을 초래한다는 것인데 책장을 정리하다가 넘어진 책장에 깔려 사망하는 것은 물론이고 과도한 반전의 연속, 팝업 폭발 사고(책을 열면 팝업이 튀어나

오니까), 라이벌 독서광의 암살 시도, 참다못한 아내의 암살 시도, 도서관 연체료 폭탄으로 끝난다. 어떤가? 한 편만 소개했는데도 구미가 당기지 않나. 그랜트 스나이더는 낮에는 치과 의사, 밤에는 일러스트레이터로 일하며 《뉴욕 타임스》에 만화를 연재한 작가이다.

읽다 보면 위로받는 순간이 많다. 「여름방학 숙제로 읽는 고전」, 「강박증 환자를 위한 책장 정리법」, 「못다 읽은 책에 바치는 송가」 등은 독서 이력을 가진 사람이라면 누구나 공감할 제목들이며 「위대한 소설가의 공통점」처럼 만화스러운 상상력이 돋보이는 장면도 상당히 많다. 책의 원제가 'I WILL JUDGE YOU BY YOUR BOOKSHEF(네가 읽는 책으로 너를 판단하겠다)'인데 실제 이 말이 나오는 꼭지에서 누군가의 책장에 꽂혀 있는 『파리대왕』을 발견하고는 고등학생 수준에 머물렀다고 무시하는 편협함이 보이는데, 나는 이런 장면이야말로 이 책을 귀엽고 사랑스럽게 만드는 대목이 아닌가 한다.

책과 독서, 글쓰기에 대한 통찰과 유머가 넘치면서도 글자 수가 많지 않으니 '친구에게 선물로 줘도 욕먹지 않을 책' 후보 1위다. 나는 특히 작가와 작가 지망생의 차이를 보여주는

「틀린 그림 찾기」라는 꼭지를 보고 크게 감동했으니 궁금하면 얼른 이 책을 사서 그 부분을 찾아보시기 바란다. 책을 좋아하는 사람이라면 누구나 좋아할 만한 책이라 자신 있게 추천한다.

아름다운 시 한 편으로 만든 그림책

미야자와 겐지의 『비에도 지지 않고』(그림책공작소, 2015)

●

예전엔 그림책이라고 하면 무조건 아동용으로만 치부했는데 성인용 그림책들이 자주 화제가 되면서 나도 부쩍 그림책에 관심을 갖게 되었다. 특히 이수지 작가를 안데르센상 수상 작가로 만들어준 『여름이 온다』는 책날개에 있는 QR 코드가 가르쳐 주는 대로 비발디의 〈사계〉 중 「여름」을 크게 틀어놓고 책장을 넘겼더니 정말 여름날 물총 싸움 하는 아이들의 소리와 장면들이 눈앞에 펼쳐지는 듯했다.

　내가 제일 좋아하는 그림책은 『비에도 지지 않고』다. 미야자와 겐지가 쓴 '비에도 눈에도 지지 않고 주변 사람들을 돌보면서 칭찬도 미움도 받지 않는 바보처럼 살고 싶다'는 내용의 짧은 시에 야마무라 코지가 그림을 그려 넣어 한 권의 책을 만들었는데, 그림과 글의 어우러짐이 너무 정다워서 늘 다시 들여다보며 감탄하곤 한다. 사람의 마음을 움직이는 건 복잡한 이론이나 힘찬 주장이 아니라 이렇게 소박한 진심에 있다는 걸 다시 한번 깨닫게 해주는 책이다.

영어를 잘 못하지만 그래도 어느 날은 아더 비나드의 영역본으로도 읽었는데 "People may call a fool"과 "All this is my goal – the person I want to become" 대목에서 잠시 찡했다.

미야자와 겐지는 농업 학교를 나와 시와 동화를 쓰다가 여동생이 아파서 시골로 내려와 함께 살면서 아이들과 마을 사람들을 돌보다 급성 폐렴으로 죽었다고 한다. 불운한 천재들이 늘 그렇듯이 이 시도 뒤늦게 사람들에게 알려져 사랑받게 되었다고 한다. 애니메이션 작가로 유명한 야마무라 코지의 그림은 이 그림책의 백미다. 자연과 사람과 날씨가 이렇게 잘 어울릴 수가 없다. 고양이와 새가 나오는 장면은 순하고, 특히 첫 페이지의 "비에도 지지 않고 바람에도 지지 않고" 부분을 자세히 보면 잠자리가 비를 피해 풀잎에 매달려 안간힘을 쓰고 있는 모습이 보이는데 그 디테일이 기가 막히다. 마을 사람들의 싸움을 뜯어말리는 장면이나 들판에서 혼자 곡괭이질을 하고 있는 남자의 모습은 톨스토이의 단편을 생각나게 한다. 실제로 미야자와 겐지는 톨스토이의 영향을 많이 받았다고 한다.

미야자와 겐지는 1896년에 태어나 1933년에 죽었다. 작가 사후 70년부터 저작권이 사라지기 때문에 여러 곳에서 책이 나왔는데 야마무라 코지의 그림으로 된 이 판본이 제일 좋다. 아내는 내가 알기로도 벌써 네 번이나 똑같은 책을 사서 만나는 아이들과 어른에게 선물하고 있다. 물론 받은 사람 중 기뻐하지 않았던 사람은 하나도 없었다.

고양이 카페 주인이 강력 추천한 책

다비드 칼리의 『4998 친구』(책빛, 2019)

●

동네에 있는 고양이 책방 '책보냥'에 갔다. '이런 그림책은 모두를 기쁘게 하지'라는 분류를 떠올리고 나서 『책 좀 빌려줄래?』와 『비에도 지지 않고』를 확정했으나 한 권을 더 정해야 하는데 아무래도 이건 책보냥 주인인 김대영 작가에게 물어보는 게 좋을 것 같아서였다. 성북동 골목길을 지나 한 한옥의 초인종을 누르니 김대영 작가가 바로 나와 문을 열어주었다 (이 가게에는 고양이 두 마리가 살고 있기 때문에 손님이 초인종을 눌러야 문을 열어준다). 내가 원하는 책의 콘셉트를 얘기하자 김대영 작가는 금방 그 뜻을 이해하고는 이런저런 책들을 꺼내 왔다. 고양이 책방이라 고양이가 나오는 책만 잔뜩 가져오면 어떡하나 걱정했는데 그러지는 않았다.

프랑수아즈 사강이 쓴 편지들을 모은 책도 있었고 찰리 맥

154

커시의 『소년과 두더지와 여우와 말』도 좋았다. 김대영 작가는 이 그림책이 단편 애니메이션으로 제작되어 2023년 아카데미 단편 애니메이션 부문 수상작의 원작이기도 하다며 아이패드로 예고편을 보여주기도 했다. 하지만 나의 눈길을 단숨에 사로잡은 책은 다비드 칼리의 『4998 친구』라는 작품이었다. 일러스트로 표현된 표지 위에 다짜고짜 '4998 친구'라고 쓰여 있어 많은 사람들이 '4998'의 의미를 궁금해하는데 책장을 넘기면 의문은 금세 풀린다. "내 친구는 4,998명이나 돼요"라는 말 뒤에 3,878명은 만난 적도 없고 내 생일을 잊어버린 친구도 78명인 된다는 설명이 계속된다. 가만히 보니 이건 페이스북 같은 SNS상의 친구 수를 말하는 것 같았다. 결국은 주인공의 집으로 찾아온 단 한 명의 친구와 피자를 나누어 먹으며 시시덕거리는 것으로 끝이 난다.

우리나라에도 이미 많은 팬이 있는 작가 다비드 칼리는 스위스에서 태어나 이탈리아와 프랑스에서 살고 있는데 그림책, 만화, 시나리오 등 다양한 분야의 작품이 30개국이 넘는 곳에서 출판되었다고 한다. 이날 함께 보았던 칼리 작가의 『인생은 지금』과 『사랑의 모양』도 좋았지만 나라면 친한 친구에게 이 책을 선물할 것 같았다. 생각할 거리를 던지는 내용도 좋지만 무엇보다 그림이 예뻤다. 어른들이 보는 그림책이라도 일단은 예뻐야 손이 가는 법이다. 아, 그림을 그린 고치미 작가는 일본 도쿄에서 태어나 대학에서 프랑스 문학을 전공하고 독학으로 그림을 그리기 시작한 일러스트레이터라고 한다. 그림 선이 현대적이면서도 소박해서 볼수록 정감이 간다. 책 사이즈도 작아 선물용으로는 아주 그만이다.

아무리 좋은 책이라도
내가 모르면 세상에
존재하지 않은 것과 같다.
늦게라도 나를 찾아온
책들이 그저 고맙기만 하다.

뒤늦게 내게 온 숨은 걸작

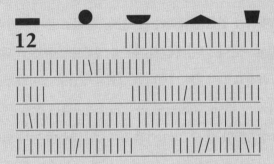

12

조지수 『나스타샤』

김영탁 『곰탕』

토마 귄지그 「암소」

철학자라서 쓸 수 있었던 아름다운 소설

조지수의 『나스타샤』 (지혜정원, 2020)

●

체코의 작가 밀란 쿤데라가 쓴 『참을 수 없는 존재의 가벼움』을 참 좋아한다. 그런데 그의 작품을 영화로 만들면 그 입체감이 사라지고 이미지와 캐릭터만 강렬하게 남을 것이라는 예감을 지울 수 없다. 그건 아마 아직도 소설이라는 장르만이, 또는 소설가만이 할 수 있는 어떤 절대적인 부분이 남아 있다는 것을 강력하게 역설하는 증거가 아닐까. 조지수의 장편 소설 『나스타샤』를 읽으면서도 그런 생각을 하게 되었다. 이 장엄하고도 아름다운 이야기를 누군가가 잘못 영화화하기라도 한다면 캐나다의 광활한 풍광과 조지와 나스타샤의 사랑 이야기만 덩그러니 남을 수도 있겠구나 하는 생각.

『나스타샤』를 쓴 소설가 조지수는 철학자이자 미학자인 조중걸의 필명이다. 서양 철학사와 서양 미술사를 전공한 학

160

자이며 에세이스트이기도 하다(이미 우리 집 책꽂이에도 그의 책이 여러 권 꽂혀 있다). 아내의 권유로 샀던 이 소설책은 너무 두꺼워서 책꽂이에 꽂아만 놓았다가 우연히 들췄는데 너무 재밌어서 그야말로 며칠간 푹 빠져 읽었다.

이야기는 한국에서 태어나 대학을 다니다가 젊은 나이에 미국으로 유학을 가 현재 캐나다 토론토대학에서 미술사 강의를 하고 있는 33세쯤의 조지라는 주인공의 독백으로 시작된다. 캐나다 웰드릭이라는 도시에서 호의적인 친구들과 어울려 생활하고 있는 이 남자는 강의 준비와 저술 활동 이외에는 주로 플라잉 낚시를 즐기는 데 거의 모든 돈과 시간을 쓰는 바람 같은 자유인이다. 낚시는 그들에게 매우 중요한 행위이자 생활이다. 왜냐하면 플라잉 낚시는 그저 물고기를 낚는 것 이상으로 그들의 삶에 의미를 주고 저마다에게 영감을 주는 철학 그 자체이기 때문이다. 이 소설에서 끊임없이 등장하는 낚시에 대한 묘사와 보트, 그들의 코티지, 심지어 자비를 들여 낚시터에 건설하는 작은 수력 발전소 등에 대한 글들을 반복적으로 읽다 보면 당장 캐나다로 달려가 광활한 호숫가에 서고 싶은 충동이 일 것이다.

줄거리만 놓고 보면 꽤 단순한 외국 체류 경험담이나 좀 특이한 사랑 이야기로 읽힐 수 있다. 심지어 소설의 제목이자 주인공인 '나스타샤'라는 여인도 무려 200페이지가 넘어서야 등장한다. 그러나 그 큰 이야기 기둥 사이로 펼쳐지는 작가의 눈부신 철학적 사유와 통찰력 있는 담론들은 이 소설을 아주 풍부하고도 탄탄한 교양서이자 지적 모험담으로 만들어준다.

나는 특히 저자의 간결하고 단호한 문체와 정치적 올바름에 반했다. 여기서 얘기하는 '정치적 올바름'이라는 것은 진보나 보수 또는 어떤 특정 정당을 지지하느냐 하는 따위의 좁은 개념이 아니라 보편타당한 인류학적 관점으로 모든 현상을 공평하게 보려 노력하면서도 사안별로 그때마다 분명하게 자신의 견해를 표명하는 태도를 말하는 것이다.

낚시터로 향하는 고속도로 중간, 매번 들르는 케빈의 커피숍에서 나스타샤라는 우크라이나 출신의 여인을 만난 조지는 설명할 수 없는 측은지심에 이끌려 그녀를 자신의 거처로 데려오고 곧 사랑으로 발전하게 된다. 30대 초반의 토론토대학 교수, 어린 시절의 유학 그리고 낚시와 강의, 저술 활동에 이르기까지 이 이야기는 작가의 자전적 스토리임이 거의 확실하다. 구체적인 사건들뿐 아니라 세상을 바라보는 태도에서도 작가의 숨결이 그대로 느껴진다. 그래서 소설 곳곳에선 교육, 인종 차별은 물론이고 역사, 성공, 사랑, 품위, 고결함 등에 대한 생각이 거의 소설가의 육성 그대로 흘러나온다. 또한 그동안 인류가 만들어놓은 철학과 예술에 대한 가치와 그것을 즐기며 사는 것이 우리 인생에서 얼마나 중요한가를 끊임없이 강조하고 있다. 조지는 나스타샤에게 영어를 가르치며 셰익스피어와 헤밍웨이를 읽게 하고 더 나아가 제임스 조이스와 윌리엄 포크너를 읽는 행복을 누리라고 격려한다. 그는 오페라 〈피가로의 결혼〉을 본 사람과 보지 못하고 사는 사람의 삶이 얼마나 다를 수 있는가도 설명해 준다.

무려 719페이지에 이르는 장편이다. 책을 읽으며 많은 페이지의 귀퉁이를 접어 표시를 했고 곳곳에 밑줄을 그어야 했다. 밑줄을 긋는다는 것은 언젠가는 그 문장을 다시 읽겠다는 나와의 약속이다. 긴긴 이야기 끝에 그 성장을 확인하는 것만으로도 이 소설은 혼자 새벽안개를 맞는 것처럼 알싸한 뿌듯함을 안겨준다. 누군가가 "네가 읽은 책 중에 정말 신나고 재밌는 현대 소설 몇 권만 얘기해 봐"라고 하면 나는 그동안 조녀선 사프란 포어의 『엄청나게 시끄럽고 믿을 수 없게 가까운』과 주노 디아스의 『오스카 와오의 짧고 놀라운 삶』 그리고 위화의 『허삼관 매혈기』 또는 『인생』, 레이먼드 챈들러의 『안녕, 내 사랑아』, 아사다 지로의 『칼에 지다』, 가네시로 가즈키의 『영화처럼』, 레이먼드 카버의 『사랑을 말할 때 우리가 이야기하는 것』 등을 추천했는데 이제 또 한 권이 늘었다. 조지수의 『나스타샤』를 강력하게 추천한다.

소설에서 뭘 얻어 가든 그건 읽는 사람의 자유다

김영탁의 『곰탕』(arte(아르테), 2018)

●

도대체 소설을 왜 읽어야 하느냐고 묻는 사람들이 있다. 어차피 꾸며낸 거짓말이거나 남의 이야기인데 그게 내 인생에 무슨 도움이 되겠냐는 푸념이다. 이런 질문에 대해 박연준 시인은 "인생을 두 번 살 수 있기 때문에"라는 답을 내놓았고, 『스토리텔링 애니멀』을 쓴 작가 조너선 갓셜은 "픽션은 삶의 거대한 난제를 시뮬레이션해 볼 수 있는 강력하고도 오래된 가상 현실"이라며 소설의 효용성을 현대적으로 옹호한다. 그런 식으로 따지면 나는 "작가가 의도하지 않았던 삶의 지혜나 진리까지 깨닫게 해주는 게 소설을 읽는 즐거움"이라고 대답하겠다. 김영탁의 판타지 소설 『곰탕』을 읽으면서 나는 엉뚱하게도 '글쓰기에 필요한 중요한 덕목' 하나를 깨달았기 때문이다.

『곰탕』은 〈헬로 고스트〉나 〈슬로우 비디오〉 같은 아이디어

165

넘치는 영화를 만든 김영탁 감독이 마흔 살을 맞아 여행을 떠났다가 가족을 먼저 집으로 보내고 혼자 호텔에 머물며 40일간 써 내려간 판타지물인데 카카오페이지에 연재를 시작하자마자 인기를 끌기 시작해 50만 독자가 열광했다고 한다. 공전의 베스트셀러였는데 나만 모르고 있다가 나중에 동네 친구가 권해 주는 바람에 종이책으로 겨우 읽었다.

소설의 내용은 식용 가축이 사라진 근미래에 타임머신을 타고 과거로 가는 사람들의 이야기다. 아직은 과학 기술이 덜 발전해서 그런지 과거로 가다가 목숨을 잃는 경우가 많았으므로 과거 여행에는 큰돈이 따라붙는다. 그런데도 필요에 의해 과거로 꼭 가야 하는 사람들이 생기기 마련이고 주인공 우환이 타임머신을 타게 된 이유는 다소 황당하다. 우환이 일하는 곰탕집 사장님이 40년 전 부산의 한 곰탕집에 가서 맛의 비밀을 알아 오라며 우환을 보냈기 때문이다. 부모 없이 태어나 평생 주방을 벗어나지 못해 아무것도 잃을 게 없는 우환은 이런 사소한 부탁으로 과거 여행을 떠나게 되지만 거기엔 살인자와 부동산업자, 레이저 총, 비행 청소년 등 골치 아픈 문제들이 기다리고 있다.

이 흥미진진한 소설에서 내가 엉뚱하게 꽂힌 대목은 맛있는 곰탕을 만든 비결이 '곰탕이 끓는 동안 다른 걸 하지 않는 것'이라는 점이었다. 곰탕은 오래 끓일수록 깊은 맛이 나기 때문에 커다란 가마솥을 가스불 위에 올려놓고 다른 일을 하는 게 효율적이다. 그런데 부산의 곰탕집 사장님은 국이 끓는 동안 다른 일은 일절 하지 말고 오로지 곰탕만 바라보고 있으라는 지시를 내린다. 나는 이 대목을 읽으며 글쓰기도 이와 똑같다는 생각을 했다. 현대인에게 멀티태스킹은 너무 당연한 일이 되었지만 나는 아직도 촌스럽게(?) 글을 쓸 때면 음악도 주위 시선도 끄고 철저히 혼자가 되려고 노력한다. 자신이 쓰고 싶은 소재나 주제, 에피소드에서 신경을 거두지 않는 집념과 정성이 결국 좋은 글을 쓰게 만든다는 믿음 때문이다. 나는 "그것에 대해 오래 생각하면 소설이 된다"라고 했던 소설가 황정은의 말이 곰탕을 끓이던 사장님의 마음과 크게 다르지 않다고 생각한다.

타임 슬립과 신나는 추격전, 그리고 생각지도 못한 반전들이 숨 가쁘게 등장하는 두 권짜리 SF 판타지 소설 얘기를 하면서 너무 개인적인 소회를 밝힌 건 아닌가 걱정된다. 하지만 이 소설을 쓰게 된 계기를 찾아보면 그것 또한 크리에이터다워서 마음에 든다. 시나리오 작가 출신인 김영탁 감독은 마흔 살이라는 나이가 주는 중압감을 벗어나기 위해서는 계약서 없이 순수하게 쓰는 기쁨에만 몰두하는 작업이 필요했고 여기에 평소 곰탕을 좋아했던 아버지에 대한 생각이 더해졌다. 개인적인 이유로 출발했지만 의미 있고 재미있는 이야기가 만들어진 것이다. 어느 인터뷰에서 진행자가 김영탁 감독에게 '타임슬립'이라는 소재는 좀 흔한 게 아니냐는 질문을 하자 그는 이렇게 대답했다. "유행이든 뭐든 그런 생각 이전에 주변에서 찾은 소재를 얼마나 재미있게 만들까 고민할 뿐이다." 뭔가를 만들어내는 사람만이 할 수 있는 우문현답이 아닐 수 없다.

도대체 뭘 먹고 자라면 이런 소설을 쓸 수 있나

토마 귄지그의 「암소」
(『세상에서 가장 작은 동물원』 문학동네, 2010)

●

앙리라는 한 남자가 있다. 이 친구는 자신한테 눈곱만치도 관심을 보이지 않는 사람들에게 의료품을 팔기 위해 하루 열 시간씩 차를 몰고 다닌다. 개처럼 일만 하는 남자. 게다가 가입한 사교 클럽 하나 없고 유머 감각조차 없으니 괜찮은 여자를 만나 연애를 할 확률은 거의 제로에 가깝다. 그런데 어느 날 아침 배달된 신문 사이에 끼어 있던 광고지에서 "여자 친구를 찾고 계십니까? 자연스럽고 순수한 교제를 원하시는 분들만 연락 바랍니다.(성적 접촉이나 매춘 아님)"이란 요상한 문구를 발견하게 된다. 앙리가 전화를 걸어 어떤 농장 같은 데로 찾아가 보니 흰 가운을 입은 남자 하나가 나타나 아주 아름답게 생긴 여자를 소개한다. 주변엔 암소들이 많다. 앙리가 여자에게 인사를 하는 것을 보고 남자가 말한다. "대답하지 않을 겁니다. 이건 암소니까요."

이런 이상한 이야기로 시작하는 소설이 있다면 어떨까? 그런데 진짜 이런 소설이 있다. 토마 귄지그라는 벨기에 소설가가 쓴 『세상에서 가장 작은 동물원』이라는 소설집 중 「암소」라는 단편이 바로 그것이다.

흰 가운을 입은 남자는 농학자였다. 그는 유전자 변형 연구를 하다가 더 많은 고기, 더 많은 우유는 물론이고 사람을 닮아 보기에도 좋은 암소를 만들어 막대한 이윤을 창출하기로 마음먹은 것이다. 그리고 그 첫 작품을 삼 개월 동안 관찰해 줄 사람이 필요해서 광고를 냈다. 석 달 동안 이 여자를 데리고 있다가 돌려주기만 하면 된다니 너무 쉬운 일 아닌가. 앙리는 암소를 차에 태우고 집으로 돌아온다. 안타까운 사실은 너무나도 아름다운 이 여자가 단지 암소일 뿐이라는 것이었다. 말도 한마디 하지 않을 뿐 아니라 농학자가 어찌나 심하게 다뤘는지 손만 대려고 해도 질겁하고 도망친다. 그렇게 아름다운 얼굴을 하고서는 거실 바닥에다가 태연하게 똥을 싼다. 앙리는 일단 각설탕으로 여자를 유혹해서 소파 위에서 억지로 성관계를 맺는 데 성공한다.

우울한 몇 주일이다. 그리고 우울한 크리스마스다. 여자를 일찍 반납하면 안 되냐고 전화를 걸어 물어봤더니 삼 개월을 꼭 채워야 한단다. 마갈리란 이름까지 지어줬는데 여자는 여전히 하루 종일 먹을 것만 생각하고 부엌 바닥에서 누워 잔다. 앙리가 아무리 잘해 줘도 조금도 고마워하지 않는다. 자신을 거부하는 여자와(사실은 암소와) 소파 위에서 성관계를 갖는 데도 지친 앙리는 코를 킁킁거리며 사료나 찾는 여자와 함께 크리스마스를 보내야 한다는 게 너무나도 서글펐다. 앙리는 마갈리에게 화를 낸다. "너 같은 건 이제 더 보고 싶지도 않아." 그러고는 밀린 일을 하다가 빵을 가져가려고 부엌으로 갔다. 부엌 창문을 통해 밖을 보고 있는 그녀의 뺨에서 눈물 같은 게 보이는 거 같았다. 그녀는 울고 있었다.

며칠 후 앙리는 가운 입은 남자에게 암소를 데려갔다. 앙리는 그녀가 눈물을 흘렸다는 이야기까지 시시콜콜 보고할 필요는 없다고 결론짓고 그 일을 혼자만의 비밀로 간직했다. 가운 입은 남자는 암소를 외양간에 가두기 위해 암소의 엉덩이를 세차게 갈겼다. "음, 그러니까 똥오줌을 가릴 수 있도록 하는 게 급선무로군요." 가운을 입은 남자가 말했다. "사실 이런 걸 개인이 집 안에 두고 기른다는 건 아직 무리죠." 앙리는 그 말에 동의하고는 암소를 앞으로 어떻게 할 건지 물었다. "아, 이 암소 말인가요? 아쉽지만 이 녀석은 젖소가 아닙니다. 하지만 육질만큼은 최상품이죠. 조만간 도축업자들에게 넘길 겁니다. 제가 늘 거래하는 곳이 있거든요." 앙리는 남자의 사업 수완이 뛰어나다고 생각했다.

이 소설가는 어떤 뇌를 가지고 있기에 이런 이야기를 만들 어낸단 말인가. 황당하고 기발하다. 문제는 이 소설이 황당한 얘기로만 끝나는 게 아니라 이런 서사를 통해 인간의 모순과 인생의 슬픔, 외로움 등을 잔인할 정도로 꿰뚫는다는 점이다. 「암소」 외에도 여섯 편의 단편이 더 실려 있는데, 모두 다 "도 대체 뭘 먹고 자란 인간이기에 이따위로 못돼먹고 뒤틀린 상 상력을 발휘할 수 있을까" 하고 환호하게 만드는 작품이다. 가학적인 유머 감각에 낄낄거리다가 갑자기 세상 살기가 싫어 질 정도로 살벌한 냉기를 함께 느끼게 해주는 미친 작품들을 만나보시라. 책 한 권으로 많은 탄성과 한숨을 경험하게 될 것 이다. 「암소」 외에도 「기린」, 「곰, 뻐꾸기, 무늬말벌, 청개구리」, 「코알라」 등이 특히 재밌다.

SF 작가 레이 브래드버리는
"아이들에게 특정 서적에 대한 끝없는 증오를
심어주고 싶다면 그 책을 필독서에
배정하기만 하면 된다"라고 말했다.
여기 소개하는 책들은 필독서가 아니니
편하게 읽으시기 바란다.

필독서라는 이름은 붙이기 싫은 책

13

알베르 카뮈 『이방인』

서머싯 몸 『달과 6펜스』

필립 로스 『미국의 목가 1,2』

20대 작가가 쓴 명작 소설을 딱 하나만 고른다면

알베르 카뮈의 『이방인』(민음사, 2011)

•

대학을 졸업할 때까지 인생에서 가장 인상 깊었던 소설이 뭐
냐는 질문을 받으면 『이방인』이라고 대답했다. 책의 내용
은 이미 다 잊어버렸는데도 그냥 멋있게 보이려고 꼽은 책이
었다. "오늘 엄마가 죽었다. 아니, 어쩌면 어제인지도 모른
다……"로 시작하는 알베르 카뮈의 소설 『이방인』을 읽은 것
은 고등학교 1학년 때였다. 너무 유명한 책이라고 해서 의무
감으로 읽었고 "햇빛 때문에 아랍인을 권총으로 쏴 죽였다"는
뫼르소의 허무한 변명에 반해 독후감을 시로 써서 교내 시화
전에 내기도 했지만 그때 이 책을 제대로 이해하기엔 내가 너
무 어렸고, 단지 기억에 남은 것은 '실존주의'라고 하는 정체
를 얼른 파악하기 힘든 철학 사조와의 날카로운 첫 키스였다
고 해야 할 것 같다.

　그 후로 오랫동안 잊고 지내다가 회사를 그만두고 책을 본

격적으로 읽기 시작했을 때 다시 집어 든 『이방인』은 어렸을 때 읽은 것과는 전혀 다른 소설이었다. 일단 햇빛 때문에 사람을 죽였다는 살인의 이유보다 궁금한 것은 자신을 변호하는 데 도통 관심이 없는 뫼르소의 이상한 태도였다. 페스트와 지역 봉쇄라는 명백한 사건과 위기 앞에서는 구체적 실천으로 반항하고 헌신했던 의사 리외와 달리 뫼르소는 자신의 운명에 대해 아무런 관심이 없다는 표정과 말투로 일관하고 있는 것이다. "아무것도 안 하고 있지만 더 격렬하게 아무것도 안 하고 싶다"는 말은 광고 카피에는 어울릴지 모르지만 재판을 앞두고 있는 살인자라면 피해야 할 제스처 아닌가.

뫼르소의 이런 태도는 묘하게도 무라카미 하루키의 주인공(특히 『노르웨이의 숲』의 와타나베)과 닮아 있다. 한 가지 예를 들자면 와타나베도 대학 수업에 들어가 교수가 출석을 부를 때 대답을 하지 않는 기행을 일삼는다. 전공투*에 가담했던 동료 학생들과의 대화도 닫아버린다. 스스로 '왕따'를 만드는 것이다. 자신에게 불리한 짓만 골라서 하는 이 주인공들에게 독자들은 도대체 어떤 매력을 느끼는 것일까. 그것은 실존주의와 밀접한 관계가 있다. 세상은 부조리하고 그 부조리에 맞서는 유일한 방법은 '희망이 없더라도 죽을 때까지 반

항을 멈추지 않는 것'인데 뫼르소나 와타나베는 그걸 '솔직
함'으로 정해 버린 것이다. 그러니까 알베르 카뮈의 『이방인』
은 지나치게 솔직한 나머지 '세상의 다정한 무관심'만을 원하
게 된 한심한 인간의 최후에 관한 소설이다. 어머니의 죽음에
대해서든 살인의 동기에 대해서든 사회가 원하는 대답을 적당
히 꾸며냈으면 사형을 면할 수도 있었을 텐데 그는 필요 이상
으로 진실만을 말하는 바람에 죽음에 이르게 된다. 그런데 이
는 되레 자기가 느끼고 생각하는 것만 말하는 그를 '실존적 영
웅'의 위치로까지 끌어올린다. 문학적 아이러니요 실존적 모
순이 아닐 수 없다.

　　너무 솔직해서 망한 인간은 또 있는데, 셰익스피어가 쓴
『리어 왕』의 막내딸 코딜리어다. 그녀는 자신을 얼마나 사랑
하느냐는 아버지의 질문에 미사여구 모두 빼고 솔직하게 대답
했다가 아버지의 사랑은 물론이고 전 재산을 잃고 떠도는 신
세가 된다. 물론 코딜리어보다 더 비참한 사람은 딸의 솔직함
을 액면 그대로 받아들이지 못해 불행의 나락으로 떨어진 리
어 왕이다. 진실을 얘기한 막내딸 대신 사탕발림으로 사랑을
고백한 두 딸을 택한 죄로 그는 막판에 두 눈을 찌르고 벌판에
서서 "내가 누구인지 말할 수 있는 사람은 누구인가"라는 헛
소리를 지껄이게 된다.

당신의 책꽂이에 꽂혀 있는 수많은 '이미 읽은 책'은 어쩌면 허영의 목록일지도 모른다. 설사 예전에 읽었더라도 1~2년 전에 다시 펴보지 않았다면 그 책은 새 책이나 다름없다. 인간의 기억이라는 게 생각보다 형편없어서이기도 하고 좋은 책은 읽을 때마다 새로운 걸 발견할 수 있기 때문이기도 하다. 『이방인』은 카뮈가 29세에 완성한 소설이다. 이 글을 쓰려고 들었던 팟캐스트 〈책, 이게 뭐라고〉의 진행자 요조와 장강명은 "소설엔 천재가 없다고 생각하는 편인데, 이 작가는 어떻게 20대에 이런 소설을 쓸 수 있죠"라며 혀를 내두른다. 여러 가지 이유로 다시 한번 읽어보기를 권하고 싶다. 너무 어렸을 때 읽어 앞부분만 기억나는 책, 하지만 나이 들어 다시 정독해 보면 비로소 그 재미를 알게 되는 책의 대표 주자가 바로 이 작품이다.

---

* 전공투(全共鬪): 전국학생공동투쟁회의의 줄임말. 1960년대 일본의 반정부 투쟁 시기에 일본 내의 여러 대학교의 단체들이 학교별로 모여 구성한 학생 운동 조직이다.

필독서라는 이름표를 붙이기 싫은 책

서머싯 몸의 『달과 6펜스』(민음사, 2000)

●

출근길 수서사거리에서 차를 멈추고 '회사로 갈까 동해 바다로 갈까' 망설이는 샐러리맨 이야기가 나오는 등산복 광고가 있다. 다람쥐 쳇바퀴 돌듯 꽉 짜인 도시 생활에 시달리는 직장이라면 누구나 한 번은 이런 생각을 해본다. 그런데 100여 년 전에 이런 고민을 하다가 정말로 인생을 바꾼 남자가 있다. 1919년 출판된 서머싯 몸의 소설 「달과 6펜스」 속 주인공 찰스 스트릭랜드다.

20세기 초반의 영국 런던. 성실한 가장이자 증권 회사 주식 중개인이던 남자가 갑자기 집을 나간다. 그런데 가출 이유가 여자나 노름에 미쳐서가 아니라 화가가 되고 싶어서란다. 너무나도 유명한 서머싯 몸의 소설 「달과 6펜스」의 도입부다. 나는 이 소설을 고등학생 때 삼중당문고에서 나온 작은 책으로 읽었다. 어린 나이에 읽기에는 조금 버거운 내용이었는데 주인공 찰스 스트릭랜드의 일탈은 꽤나 매력적이었고, 그게 화가 폴 고갱의 일화를 바탕으로 만들어진 이야기라는 대목에 더 관심을 가졌던 것 같다. 이후로 많은 시간이 흘렀다.

최인아책방의 큐레이션 코너에서 농심기획 이원홍 대표가 "마흔 살쯤 「달과 6펜스」를 다시 읽어보면 새로운 게 보일 것"이라고 쓴 추천사를 읽고 이 소설을 구입해 다시 읽었다. 그리고 만나는 사람마다 이 소설을 읽으라고 권하고 다녔다. 나는 왜 이 소설을 반복해서 읽는 것은 물론이고 다른 사람들에게 자꾸 권하는 것일까. 책을 다시 읽은 지인 중 한 사람은 "내용을 떠나 구성 자체가 진짜 영리한 소설"이라는 소감을 내놨다. 소설가로 성공했을 뿐 아니라 전쟁 때는 스파이 노릇까지 완벽하게 해냈다는 서머싯 몸에겐 딱 어울리는 평가다. 그러나 여성인 블란치를 단순한 존재로 그리거나 그녀의 남편 더크 스트로브를 뚱뚱하게 그림으로써 겉모습이 둔한 사람은 감각도 떨어질 것이라는 선입견을 심어주는 태도는 거슬린다는 불만도 있었다. 100여 년 전 소설이다 보니 아무래도 그런 면이 새삼 눈에 띄지만 책을 읽은 사람들끼리 이런 이야기를 나누는 게 또 책 추천의 묘미 아니겠는가. 오래전에 읽었더라도 다시 읽으면 늘 새로운 게 보이는 게 고전의 매력이다.

그 사람 정말 천재일세. 확실해. 지금부터 백 년 후에 말일세. 사람들이 자네나 나를 조금이라도 기억해 준다면 그것은 전적으로 찰스 스트릭랜드와 알고 지낸 덕분일 걸세.

나는 파리에서 찰스 스트릭랜드의 천재성을 알아본 더크 스트로브의 이 대사가 정말 마음에 든다. 지금이라도 누군가에게 팬심을 나타내고 싶을 때 써먹으면 정말 좋을 것 같은 문장이다. '달과 6펜스'란 제목이 무엇을 의미하는지는 이미 오래전부터 여기저기서 마르고 닳도록 다루어 새삼 거론하기도 민망한 일이지만 그 와중에 "왜 5나 10처럼 딱 떨어지는 수가 아니라 6펜스일까"라는 의문이 제기되었다. 아마도 그때까지 영국에서는 십진법 대신 십이진법을 쓰고 있었을 것이라는 아내의 추측이 있었는데 나중에 위키백과를 찾아보니 정말 그랬다. 영국에선 1971년 전까지는 십이진법 화폐가 통용되었다.

잘 다니던 회사를 그만두고 꿈을 좇아가는 내용은 위험하니 직장인들에겐 금서로 지정해야 한다는 지인의 농담이 있었다. 가뜩이나 회사 다니기 싫어 죽겠는데 이런 책을 펼치면 마음이 더 싱숭생숭해진다는 것이다. 그러나 나는 책에 금서니 필독서니 하는 라벨을 붙이는 것 자체가 바람직하지 않은 행태라고 생각한다. 멀쩡한 책도 시험에 나온다고 하면 읽기 싫어지는 법인데 필독서라는 이름이 붙으면 얼마나 매력이 떨어지겠는가. SF 작가 레이 브래드버리는 "아이들에게 특정 서적에 대한 끝없는 증오를 심어주고 싶다면 그 책을 필독서에 배정하기만 하면 된다"라고 말했을 정도다. 금서든 필독서든 관심 있는 사람은 다 찾아 읽는다. 다만 이 책은 당신도 꼭 읽었으면 하는 바람이다. 정말 이상하고 매력적인 소설이니까.

인간이란 원래 그렇게 생겨먹은 거야

필립 로스의 『미국의 목가 1, 2』(문학동네, 2014)

●

주인공은 길쭉길쭉한 몸매와 금발의 잘생긴 얼굴을 물려받은 사내다. 고등학생 때는 학교는 물론이고 미국 뉴저지주의 뉴어크 전 지역을 대표하는 스포츠 스타였다가 해병대를 제대한 후엔 장갑 비즈니스계에서 성공을 거머쥔 사업가로, 또 미스 뉴저지 출신 미녀의 남편으로 모범적인 삶을 살아온 유대계 미국인 시모어 어빙 레보브다(스위드 레보브라는 별명으로 더 유명하다). 완벽에 가까운 그의 스펙을 보면서 우리는 '저런 놈에게 무슨 걱정거리가 있겠나'라고 투덜대고 싶어진다.

하지만 하나뿐인 외동딸 메리가 베트남전에 반대한다면서 엉뚱하게 마을 우체국이 딸린 작은 점방에 사제 폭탄을 설치해 사람을 죽임으로써 도망자 신세가 된 사건을 시작으로 그의 인생도 함께 박살이 난다. 예쁘고 영특하지만 말을 심하게 더듬는 게 유일한 걱정거리였던 십 대 소녀 메리는 어쩌다가 그런 괴물이 되어버린 걸까.

어려서부터 밝고 곧은 길만 걸어왔던 스위드 레보브의 참모습은 고등학교 졸업 50주년 기념 파티에서 만난 후배이자 작가인 네이션 주커먼에 의해 서서히 그 모습이 포착되기 시작한다. 딸 때문에 흔들렸던 그의 정체성은 아버지와 옛 친구들 그리고 이웃에 사는 오컷 부부까지 함께 모인 올드림록 홈 파티 날 저녁에 아내와 건축가 오컷이 자기 집 부엌에서 남몰래 섹스를 하고 있는 모습을 목격하면서 결정타를 맞는다. 나는 이 장면을 읽으며 '이제 스위드도 갈 데까지 갔군'이라 생각하고 그가 오컷과 아내 둘 중 하나를 총으로 쏴 죽이며 소설이 끝나지 않을까 생각했지만, 작가는 그렇게 하지 않음으로써 오히려 이 '시모어 어빙 레보브'라는 멋진 사내의 비극을 강조한다.

이후 계속된 만찬 자리에서는 당시 미국 사회를 흔들었던 린다 러브레이스 주연의 〈목구멍 깊숙이(Deep throat)〉라는 포르노 영화에 대한 지루한 세대 토론이 있을 뿐이고, 결국 스위드 대신 오컷의 부인인 술주정뱅이 제시가 칼로 스위드의 아버지를 죽일 뻔한 에피소드로 허무하게 끝을 맺는다.

『미국의 목가』는 가장 완벽할 뻔했던 사내가 가장 불행한 남자로 전락하는 비극적인 이야기를 다룬 소설이다. 그런데 그가 불행한 이유는 유대인으로 태어나서도 아니고 미국인이어서도 아니다. 원래 인간이란 다 그렇게 생겨먹었기 때문이다. 이 지점에서 이 작품의 확장성은 시대와 국경의 경계를 가볍게 지워버린다. 현대 영미 문학의 거장 필립 로스는 이 도저한 비관주의를 수다스럽고 신랄하고 야멸차고 유머러스한 문체로 두 권의 책 속에 마음껏 풀어놓는다. 힘과 품격이 대단한 작품이다. 더불어 퓰리처상*을 탄 주류의 문학작품 속에서 성에 대한 비속어를 심심치 않게 접하는 것은 당혹스러우면서 즐거운 일이다. 그건 역설적으로 그 어떤 비속어를 쓰더라도 그 쓰임새가 정확하기만 하면 얼마나 멋진 효과를 가져오는지 보여주는 통쾌한 증거가 되니까.

아름다운 자연이 펼쳐진 뉴어크 올드림록이 배경이지만 내용은 전혀 목가적이라 할 수 없는데도 굳이 제목을 '미국의 목가'라 붙인 이유는 뭘까. 아마도 페데리코 펠리니 감독이 슬프고 비참한 인생 이야기를 담은 영화에 〈달콤한 인생〉이라는 제목을 붙인 것이나 김지운 감독이 그걸 따라 한 것이나, 아니면 로베르토 베니니가 〈인생은 아름다워〉라는 슬픈 영화를 만든 것처럼 필립 로스도 제목의 패러독스를 통해 독자들에게 잔인한 쾌감을 선사하고 싶었던 것 아닐까.

이 작품은 제목만 멋진 게 아니다. 2부 첫머리에 말썽쟁이 딸 메리 때문에 장갑 공장을 찾아온 비키라는 여자에게 스위드가 장갑 생산 공정에 대해 설명하는 부분은 특히 감탄을 금할 수가 없다. 무두질하는 방법부터 시작해서 가죽 무역 이야기, 장갑 사업의 역사를 거쳐 재단-재봉 작업에 대한 아주 세세한 공정과 일화까지 장장 18페이지에 걸쳐 숨 가쁘게 펼쳐지는 이 스펙터클한 묘사는 소설가가 가져야 할 자세에 대한 하나의 표본이나 다름없다. 필립 로스는 이 한 장면을 쓰기 위해 가죽과 장갑 생산에 대한 지식을 얼마나 많이 섭렵했을까? 제시가 알코올 중독자가 되는 과정을 짧게 묘사한 문장이나 오컷이 전시한 어설픈 추상화를 비평하는 스위드와 그의 아버지 루 레보브의 신랄한 대사들도 꼭 읽어보시라. 이런 단락 하나만 읽어도 이 소설은 제값을 다한다. 물론 당신은 멈추지 않고 끝까지 읽겠지만.

* 퓰리처상(Pulitzer Prize): 1917년 미국의 언론인 조지프 퓰리처의 유언에 따라 제정된 상으로, 매년 21개 부문(저널리즘 14개, 문학 6개, 음악 1개)의 우수한 창작 작품을 선정해 수여한다. 『미국의 목가』는 1998년 수상했다.

겉모습이 수수하지만
마음은 진국인 사람이 있다.
책도 그렇다.
제목이 평범해도
눈 밝은 독자들은 늘
좋은 책을 알아본다.

제목보다 내용이 좋은 소설

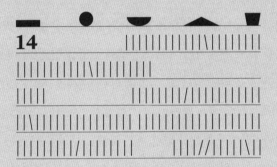

14

최은영 「씬짜오, 씬짜오」

앤드루 포터 『빛과 물질에 관한 이론』

조선희 『세 여자』

쇼코의 미소에 가려져 있던 소설

최은영의 「씬짜오, 씬짜오(『쇼코의 미소』 문학동네, 2016)

●

우연히 페이스북에서 '중학생을 위한 한국 소설 읽기' 강연 포
스터를 보고 책꽂이에 가서 최은영의 소설집 『쇼코의 미소』를
꺼냈다. 포스터에 있던 최 작가의 단편 「씬짜오, 씬짜오」를 읽
기 위해서였다. 포스터에는 이 소설 밑에 "우리는 왜 반성하지
못할까? 반성과 화해를 위한 바른 자세는 무엇일까"라는 인문
학 강사의 설명이 붙어 있었는데 책을 펼쳐보니 예전에 안 읽
고 그냥 건너뛴 작품이었다. 최은영 작가의 소설이 좋다고 얘
기하고 다니면서도 중편 「쇼코의 미소」나 장편 『밝은 밤』 얘기
만 했구나 하는 반성이 들어 당장 앉은자리에서 읽어 내려가
기 시작했다.

'씬짜오'는 주인공 소녀가 독일에서 만난 베트남 아줌마
응웬에게서 배운 인사말이다. 어쩐 일로 독일에서 살다 한국

으로 돌아갔던 소녀의 식구들은 몇 년 만에 다시 독일의 변두리 도시로 오게 된다. 아는 사람 하나 없던 동네에서 그들의 이웃이 되어준 베트남 호 아저씨 식구들의 따뜻한 환대와 정감 어린 음식은 이들에게 살아갈 원동력이 되었다. 함께 모여 밥을 먹고 술을 마시고 노래를 부르고 만화책을 보던 시간은 커서 생각해 보면 '고작 한 명의 타인과도 제대로 연결되지 못하는 어른이 된 소녀'로서는 더할 나위 없이 행복한 시절이었던 것이다.

사건의 발단은 일본의 식민 통치에 대한 이야기가 나왔을 때다. 한창 인정 욕구가 발동하던 소녀가 어른들이 나누는 대화에 끼어들어 "한국은 단 한 번도 다른 나라를 침략한 적이 없다"라고 자랑스럽게 말했는데 그걸 듣고 화가 난 그 집 소년 투이가 "한국 군인들이 베트남 사람들을 죽였다"라고 말하는 바람에 어른 싸움으로 번진 것이다. 소녀의 아버지는 전쟁 상황이라 어쩔 수 없었다고 하며 자신도 그때 친형을 잃었다고 했지만 "그건 학살이었다. 베트콩뿐 아니라 태어난 지 고작 일주일 된 아이와 노인들까지 학살한 구역질나는 학살이었다"라고 냉소하는 응웬 아줌마의 표정에서는 더 이상의 환대와 따뜻함은 찾아볼 수 없었다. 우리라도 사과하자는 엄마

191

의 말에 도리어 화를 내는 아빠는 '죽어도 미안하다는 말을 못 하는' 대한민국 어른 남자의 전형이었다. 그리고 불행한 어른이었다. 대학 독문과에서 만나 오래 연애하고 결혼한 엄마와 아빠는 더 이상 서로를 쳐다보는 사이가 아니었다. 유일하게 호 아저씨 집에 갔을 때만 서로 따뜻한 눈길을 주고받았는데 이젠 그것도 끝이었다. 두 집안은 그 이후로 끝내 화해하지 못하고 독일을 떠났고 소녀는 따뜻한 어른으로 자라나지 못했다. 그래도 마지막에 엄마가 뜨개질해서 응웬 아줌마에게 선물했던 모자와 장갑이 응웬 아줌마로 하여금 울음을 삼키게 했으니 아주 차갑기만 한 이별은 아니었다.

엄마가 죽고 서른셋 어른이 된 소녀가 독일에 가서 응웬 아줌마를 다시 만나 "씬짜오, 씬짜오" 하고 인사를 나누는 장면은 감동이다. 응웬 아줌마는 엄마가 선물해 준 빨간 털모자를 쓰고 있었고 어른이 된 소녀는 그때의 엄마와 같은 사람이라고 해도 좋을 정도로 엄마를 빼닮아 있었으니까. 전쟁의 아픔은 물론이고 가해자와 피해자 사이의 갈등까지 아주 심각하지만 필요한 얘기를 멀리 독일에 가서 펼치게 한 작가의 내공이 놀랍다. 그 안엔 불행한 인생에서도 서로를 알아봐 주고 특별한 정서적 능력으로 이해해 준 사람의 존재가 얼마나 소중한

지에 대한 따뜻한 통찰도 들어 있다. 그리고 무엇보다 항상 명랑하고 장난기 가득했던 소년 투이에 대한 해석이 있다. 큰 불행을 목격하거나 그 그늘에 놓여 있던 투이 같은 아이들은 다른 애들보다 훨씬 더 일찍 어른이 되어 가장 무지하고 순진해 보이는 아이의 모습을 연기한다. 자신을 통해 마음의 고통을 내려놓을 수 있도록, 잠시 웃을 수 있도록 하기 위해 어리석은 사람을 자처하는 이런 소년들이야말로 지상에 존재하는 천사가 아니고 무엇이랴 하는 생각에 가슴 한구석이 찡해졌다. 짧은 이야기 속에 많은 슬픔과 따뜻함이 들어 있다. 혹시 안 읽었다면 지금이라도 읽으시길 바란다. 정말 잘 쓴 소설이다.

두 번 사서 두 권이 된 책

앤드루 포터의 『빛과 물질에 관한 이론』(문학동네, 2019)

●

다시 읽고 싶은데 아무리 찾아도 없어서 중고 책방에서 또 샀던 앤드루 포터의 『빛과 물질에 관한 이론』을 책꽂이에서 찾았다. 내가 꽂아두었던 곳이 아니라고 생각한 칸에 늘 있었던 것처럼 그런 표정으로 서 있었다. 나는 얼른 믿기지 않아 다른 책꽂이에서 최근에 산 똑같은 책을 꺼냈다. 이렇게 말하면 우리 집 책꽂이가 경포해수욕장만 한 줄 알겠지만 사실은 그리 크지 않다.

두 책을 펼쳐 내가 줄을 치고 메모한 곳들을 살펴보았다. 「머킨」이라는 단편을 보니 비슷한 곳에 줄을 치고 좀 다른 내용을 메모해 놓은 게 재밌다. 첫 번째 샀던 책엔 맨 앞 페이지에 포스트잇으로 메모를 해놓은 내용도 있었다. 그것도 세 장씩이나. 아마 나중에 리뷰를 쓸 때 참조하려고 그랬던 것 같다. 뭔가 생각나면 어떤 식으로든 메모를 해놓아야 한다. 그렇지 않으면 잊어버린다. 이로써 다음과 같은 사항을 알게 되었다.

1) 나는 바보다.

2) 지하철에서 잃어버리고 다시 사면 한 권이지만 집에서 잃어버리고 다시 사면 두 권이 된다(앞의 예는 로런 그로프의 『운명과 분노』다).

3) 이로써 『빛과 물질에 관한 이론』이 얼마나 훌륭한 소설인지 아주 이상하고 주관적인 방법으로 증명되었다.

4) 사실은 세 번이나 샀던 책도 있다(황석영의 『손님』인데 그때는 내가 약간 미쳤던 것 같다).

5) 이 책은 '서촌그책방' 하영남 대표의 강력 추천으로 샀다.

제목이 너무 딱딱해서 선뜻 손이 가지 않았으나 막상 읽기 시작하자 정말 재미있어서 '단편 소설을 이렇게 잘 쓸 수도 있구나' 하고 감탄했던 소설집이 바로 이 책이었다. 이상하지만 이해하고 싶고, 이해하기 힘들지만 사랑스러운 인간들의 이야기로 가득하다. 다 훌륭하지만 특히 표제작 「빛과 물질에 관한 이론」과 「머킨」이라는 단편이 개인적으로 제일 좋았다. 「빛과 물질에 관한 이론」은 물리학 시간에 어려운 시험 문제를 포기하지 않고 앉아 있던 헤더라는 여학생이 자신보다 서른 살 많은 그 교수의 방으로 가서 차를 마시며 피아니스트 글렌 굴드의 연주곡을 듣다가 친해진 얘기다. 두 사람은 묘한 감정을 느끼지만 여학생은 남자 친구가 있었고 결국 그와 결혼을 한다.

이걸 늙은 교수와 여학생의 사랑 이야기라고 하면 단박에 통속적인 이야기가 되어버리지만 너무나 조심스럽고 서로를 극도로 배려하는 이야기로 이해할 땐 애틋한 사랑의 서정으로 승화된다. 그런데 앤드루 포터는 그 어려운 일을 해내고 있다. 글을 정말 잘 쓰는 것이다. 마지막에 여학생이 텅 빈 교수의 집(그녀에게 열쇠가 있었다)으로 가 옷을 벗고 침대에 누워 있다가 그가 오기 전 일어나 다시 나오는 장면은 우스우면서도 서글퍼서 오래도록 기억에 남을 것 같다.

레즈비언의 가짜 남자 친구 노릇을 하다가 그 여인에게 진짜 사랑을 느껴버리는 연하의 남자 이야기인 「머킨」도 정말 좋다. 이제는 작가가 된 전 여자 친구 로런의 편지와 답장도 은근한 유머가 배어 있어서 즐겁게 읽었다. 담담한 서술만으로도 신기하게 감동을 준다. 좋은 이야기는 언제나 그렇듯이 작가가 먼저 흥분하지 않는다는 데 있다. 그리고 당신도 알다시피 세상엔 명쾌하지 않은 일투성이 아닌가. 우리 삶엔 쉽게 설명할 수 없는 슬픔과 미묘한 어긋남이 있고 누구의 인생도 심플하지 않다. 어쩌면 소설가들은 이 얘기를 쓰려고 소설가라는 직업을 택했는지도 모른다. 그 섬세하고 애매한 지점을 귀신같이 잡아내는 앤드루 포터의 능력을 직접 경험해 보시라. 왜 세계의 많은 독자들이 그의 새 작품을 기다리고 있는지 단박에 알 수 있을 것이다. 앤드루 포터는 작가가 되려고 하루 여섯 시간씩 글을 썼다고 한다. "읽다가 죽어도 창피하지 않은 책을 읽어라"라는 독서 격언이 있는데 내 생각엔 이 책이 바로 그런 책이다.

잊었던 대하소설의 맛을 다시 살려주는 책

조선희의 『세 여자』(한겨레출판, 2022)

●

1980~90년대는 대하소설의 시대였다. 박경리의 『토지』를 비롯해 이병주의 『지리산』, 황석영의 『장길산』, 조정래의 『태백산맥』, 『아리랑』, 『한강』 등 격동의 우리 근현대사를 다룬 소설을 읽는 재미는 각별했다. 그러나 시대가 변해서 이제는 그렇게 긴 소설을 읽는 사람도 없고 쓰는 작가도 드물어졌다. 인터넷, 스마트폰 등에 빼앗기는 시간이 많아질수록 책을 읽을 시간이 짧아지자 당연히 책의 두께도 얇아졌다. 그런 와중에 집어 든 조선희의 『세 여자』는 단 두 권만으로도 잊혔던 대하소설의 맛을 되살려 주는 반가운 작품이었다.

책을 다 읽고 나서 표지에 인쇄되어 있는 세 여성의 사진을 다시 쳐다봤다. 단발을 하고 청계천에서 찍은 한 장의 사진에서 출발한 소설 『세 여자』는 이 앳된 스무 살 여성들이 한국사

한복판에서 어떤 인생을 살아갔는지 추적했고, 그 결과 한반도와 상하이, 뉴욕, 모스크바, 태항산, 평양 등을 종횡무진하며 고결했던 조선 공산당의 시작부터 몰락까지를 보여주는 광활한 역사 드라마가 완성되었다.

소설은 주세죽·허정숙·고명자 세 주인공뿐 아니라 그들의 남편이자 연인이었던 박헌영·임원근·김단야를 등장시키고 나아가 김구·안창호·여운형·이동휘 등 역사 속 거물들을 불러들인다. 그뿐이 아니다. 여고보 때 수예 시간에 선생님에게 특별히 허락을 얻어 톨스토이 소설을 읽었다는 허정숙의 말을 통해 그때도 유별나고 용감한 청년들은 뭐가 달라도 달랐음을 보여주고, 동아일보에 있을 때 신춘문예라는 아이디어를 처음 낸 홍명희 국장(『임꺽정』의 그 작가)을 가리켜 "동서고금의 모든 시, 소설을 읽었다는 소문도 과장이 아닌 듯했다"라고 묘사하는 문장은 당시의 분위기를 생생하게 느끼게 해주는 디테일이다.

책을 읽다 보면 작가가 얼마나 많은 자료들을 섭렵했고 그걸 다시 소설 속에 녹이기 위해 애썼는지 저절로 느껴진다. 예를 들어 1920년대 상하이에 모여 있던 수많은 인물에 대한 작가의 균형 감각은 정말 감탄스럽다. 개인적으로는 김구에 대한 냉정한 평가에서 충격을 받았다. 아울러 특정 인물에 대한 무조건적인 사랑이나 존경은 위험할 수 있다는 깨달음을 얻었음은 물론이다. 지금은 구시대의 유물처럼 느껴지는 사회주의가 당시엔 얼마나 새롭고 핫한 사상이었는지는 "밥은 이밥, 산은 금강산, 주의는 사회주의"라는 신종 속담을 통해서도 느낄 수 있다. 무엇보다 당시 인사들이 나누었을 법한 소설 속 대화들은 치밀한 정세 판단과 팩트 취재가 없었으면 불가능한 일이었으리라. 사상과 이상을 좇으면서도 푸르른 청년들이기에 어쩔 수 없이 피어나는 로맨스들도 사랑스럽다.

1925년 경성에서 활약하던 젊은 공산주의자들의 이야기를 100년 후 서울에서 읽고 있자니 내가 그런 격랑 속에 빠진 게 아니라서 다행이라는 생각도 들고, 한편으로는 그때의 풍운아들이 부러워지기도 했다. 이런저런 사정으로 12년 만에 완성된 소설이라 들었다. 조선희 작가에게 왜 제목이 '세 여자'냐고 물었더니 10여 년간 들고 다니던 파일명이 늘 그 제목이라 나중엔 고치는 게 불가능했다는 답변이 돌아왔다. 제목이 너무 단순해서 흥미가 덜 생기지만 막상 책을 펼치면 가슴속으로 근현대사라는 대륙이 들어온다. 영화 잡지 《씨네21》의 편집장을 오래 해서 그런지 조선희의 신대륙은 매우 영화적이기도 하다.

가방에 책을 한 권 넣고
다니는 사람은 예사롭지 않다.
시시각각 변하는
모바일 정보가 아닌
서사를 넣고 다니기 때문이다.
작은 책은 작은 우주와 맞먹는다.

몇 번 읽어도 좋은 얇은 책

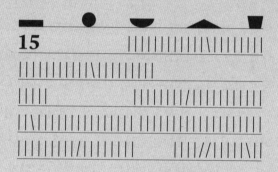

15

이민경 『우리에겐 언어가 필요하다』

사노 요코 『죽는 게 뭐라고』

진민영 『내향인입니다』

여행 트렁크에 넣어 가는 페미니즘 핸드북

이민경의 『우리에겐 언어가 필요하다』(봄알람, 2016)

●

영어 문법을 아무리 오래, 열심히 공부했더라도 회화를 위한 책이 따로 필요하듯이 인권이나 페미니즘에 대해서도 대화를 위한 책이 따로 필요하다는 개념은 이 책을 읽고 나서야 비로소 생각하게 되었다. 이 책은 한마디로 '성차별에 대한 남녀의 일상 회화 실전 대응 매뉴얼'이라고 할 수 있다. 그러니까 페미니즘을 전혀 모르거나 관심이 없는 남자 친구나 '남자 사람 친구'가 페미니즘에 대해 엉뚱한 질문이나 비난을 하며 말을 걸어올 때 명쾌한 논리로 그들을 물리치기 위한 핸드북인 것이다.

내 주변에도 "옛날에 비하면 이제 남녀평등은 거의 다 이루어졌다고 봐야죠"라고 하거나, "여자들은 너무 이기적인 것 같아요. 남자들은 군대도 갔다 오는데 제대하고 취직하면 직장에서 역차별이나 받고" 같은 한심한 소리를 하는 젊은 남성들이 꽤 있다. 그런데 막상 이런 경우를 당하면 즉각적으로 대응할 말이 금방 떠오르지 않아 번번이 막힌다. 저자인 이민경은 바로 이런 포인트에 주목해 아주 얇고 간단한 매뉴얼 북을 만들기로 결심한다. 그는 강남역 살인 사건을 계기로 9일 만에 이 책을 썼다고 한다. 순식간에 썼다고 얕잡아 볼 일은 아니다. 그동안 쌓였던 억울함과 답답함이 동시통역대학원에 다니던 언어 전공자에게 한꺼번에 발산된 결과이지, 어느 날 영감이 떠올라서 일필휘지로 쓴 글들은 아니니까.

책을 여는 챕터의 첫 문장이 "당신에게는 대답할 의무가 없다"라는 건 의미심장하다. 그동안 여성들이 얼마나 순진하고 무례하거나 뻔뻔한 남성들의 질문에 단편적인 대답을 강요받았는지에 대한 방증이기 때문이다. 오죽 말이 안 통하고 기가막히면 부제가 '입이 트이는 페미니즘'일까. 솔직히 나도 아내를 만나기 전까지는 여성들이 밤에 택시를 타면서 느끼는 공포에 대해 전혀 모르고 살았다. '남자나 여자나 같은 사람인데설마 그렇게 느끼는 게 다를까'라는 순진한 생각을 가지고 있었던 것이다. 왜냐하면 살아온 '역사'가 다르기 때문이다.

우리는 역사적으로 여성들이 남성들보다 늘 억울한 위치에 있었다는 것을 애써 무시하거나 느끼지 못하는 시스템에서 살아왔다. 그러니 남성이 여성의 공포나 억울함을 이해하거나 공감하기 힘든 것이다. 백인들이 흑인이 느끼는 부당함을 이해한 뒤 사이좋게 토론을 통해 불평등을 바로잡을 수 있다면 좋겠지만 그런 일은 절대로 일어나지 않는 것과 마찬가지라고 생각하면 쉽다.

이상한 책이다. 나는 어딘가 혼자 여행 갈 때마다 이 책을 자꾸 들고 가게 된다. 책이 작고 가벼워서이기도 하겠지만 차 안이든 숙소에서든 혼자 있는 시간에 다시 한번 찬찬히 읽고 싶어서인 것 같다. 왜 그럴까. 이 책은 페미니즘에 관한 내용을 다루는데 딱딱한 이론이 아니라 '페미니즘을 잘 모르는 남자 친구와 대화할 때 말싸움에서 지지 않는 법'을 가르쳐주는 실용서다. 또한 여성을 위한 책임과 동시에 '가부장제의 또 다른 피해자'인 우리 남성들에게도 필요한 책이다. 일부에서 들려오는 '남자가 불쌍하다', '역차별이다'라는 말에 현혹되기 전에 이 책부터 펼쳐보시라고 간곡하게 부탁하고 싶다. 논제와 해결책이 짧고도 귀에 쏙쏙 들어오는 언어로 구성되어 있어서 잘 읽힌다. 나는 지금도 가끔 이 책을 사서 다른 사람에게 선물한다. 물론 록산 게이의 『나쁜 페미니스트』나 홍승은의 『당신이 계속 불편하면 좋겠습니다』까지 다양한 페미니즘 담론이 이미 존재하지만 이 책보다 페미니즘을 더 직관적으로 설명할 자신이 없기 때문이기도 하다.

죽음 앞에서 더욱 유쾌해진 작가 할머니

사노 요코의 『죽는 게 뭐라고』(마음산책, 2015)

●

어렸을 때 읽었던 만화책의 주인공 중 아주 유쾌하고 용감한 강도가 한 명 있었다. 그는 똑똑한 데다 정의롭고 유머까지 넘쳤다. 나쁜 악당을 해치우고 사형 선고를 받았을 때도 그는 태연했다. 그의 인기가 하늘을 찔렀고, 특히 청소년들이 그를 우상화했다. 절친한 벗이자 경찰이었던 그의 친구는 마지막으로 부탁을 한다. 제발 사형장에서는 태연자약한 태도를 버리고 죽음이 두려운 척을 해달라고. 안 그러면 많은 청소년이 너를 따라 범죄자가 될지도 모르니까. 그는 잠시 생각하다가 아무 말 없이 사형장으로 걸어간다. 그리고 마지막 순간 일부러 두려운 표정을 지으며 "살려줘. 죽고 싶지 않아"라고 외쳤다. 친구의 부탁을 들어준 것이다.

사노 요코의 『죽는 게 뭐라고』를 읽으면서 그 만화책을 다시 떠올렸다. 죽음 앞에서도 의연하게 유머와 기백을 잃지 않았던 사노 요코 역시 병원에서 암 선고를 받고 나오는 길에 곧바로 재규어 매장에 가서 잉글리시 그린 컬러의 스포츠카를 가리키며 "저거 줘요!"라고 외쳤기 때문이다. "예전부터 나는 저게 너무 아름답다고 생각했어. 이게 마지막 물욕이다" 하면서. 책을 펴면 이혼을 두 번이나 했다는 얘기가 맨 먼저 나올 정도로 솔직한 얘기들이 쏟아진다. 도무지 거침이 없고 창피할 것도 없다. "나는 암 투병기가 정말 싫다. 장렬한 죽음 따위, 저리 가라 그래"라고 외치는 사노 요코는(그녀는 『100만 번 산 고양이』를 쓴 그림책 작가이자 에세이스트다) 담배를 워낙 좋아해서 대중교통은 꼭 택시를 이용했는데 어느 날부터 택시에서 담배를 피우는 게 법으로 금지되자 아예 차를 사서 병원 가는 길에 줄담배를 피워 대는 못 말리는 여자였다. 정말 귀엽지 않은가.

"나는 취향이 저급하기로 유명하다"라고 고백하는 게 쉬운 일은 아닌데 이 할머니는 자신의 유치함을 다 까발린다. "거의 일평생을 지구와 평행으로 살아왔다"는 말은 소파에 누워 TV나 비디오를 볼 때가 제일 좋다는 뜻이다. 일이 없을 땐 소파에 누워 〈파트너〉나 〈춤추는 대수사선〉 같은 드라마를 보다가 너무 행복해서 꿱꿱 소리를 지른다는 글 때문에 정말 많이 웃었다. 유명한 그림책 작가이지만 정작 일을 하는 건 싫어하는 것도 마음에 들었다. 그녀는 만나는 사람마다 일이 좋으냐고 물어본다. 아들에게도 "넌 일이 좋아"라고 물어봤는데 "싫진 않아"라는 대답을 듣고 "이야!"라고 감탄하는 장면은 정말 시트콤 한 꼭지를 보는 기분이다. 그만큼 글을 실감 나게 쓴다.

이 책을 번역한 이지수 번역가는 도쿄북페어에 참가했다가 『100만 번 산 고양이』를 만나고 무엇에 홀린 듯 그녀의 책『사는 게 뭐라고』와『죽는 게 뭐라고』두 권의 번역 기획서를 한꺼번에 마음산책 출판사에 보냈는데 몇 시간 만에 답이 왔다는 이야기를 『이것 좋아 저것 싫어』라는 사노 요코의 또 다른 책에서 밝히고 있다. 나는 두 권은 물론이고 사노 요코의 다른 책도 거의 다 읽었는데 개인 취향으로는『죽는 게 뭐라고』가 제일 좋아서 이 책을 소개하기로 마음먹었다.

철학자들이 죽음에 대해 연구를 많이 한 이유는 역설적으로 죽음 앞에 서면 '어떻게 살아야 하는가'가 더 잘 보이기 때문이다. 사노 요코는 우울증으로도 큰 고생을 했던 사람이다. 솔직히 암보다 우울증이 더 괴로웠는데 아들 덕분에 자살하지 않을 수 있었다는 말도 했을 정도다. 그녀는 암에 걸린 뒤

항암제를 거부하고 하고 싶은 것 다 하며 자유롭게 살기로 결심한다. 찢어지게 가난한 집에서 태어나 갖은 고생을 다 하다가 그림책 작가로 성공한 그녀에게 비로소 거칠 것 없이 살 수 있는 기회가 주어진 것이다. 그래서 "이제 곧 죽는데 이런 인생을 보내도 괜찮지 않을까"라고 하는 그녀의 글 앞에서 어쩔 수 없이 고개를 끄덕이게 된다. 솔직 담백하고 직선적이다. 읽으면서 속이 후련해지고 때론 애잔해지는 공감 에세이다. 죽기를 기다리는 것도 지겹다고 투덜대던 이 할머니, 2010년 72세에 미련 없이 암으로 세상을 떠났다.

사실은 그동안 아주 많은 사람들에게 이 책을 추천했고 또 어김없이 고맙다는 답변도 듣고 해서 '선물해도 욕먹지 않을 책' 이라는 꼭지로 묶고 싶었는데 죽음이라는 단어가 제목에 떡하니 들어 있어서 포기했다. 내가 이렇게 소심하다.

제주에서 내 취향을 저격한 책

진민영의 『내향인입니다』(책읽는고양이, 2018)

●

광고 프로덕션에서 기획실장으로 일하던 시절, 갑자기 회사 사정이 안 좋아져 직원들이 돌아가며 한 달씩 무급 휴가를 쓰기로 한 적이 있다. 나는 마침 페이스북에 뜬 한 출판사의 공지를 보고 아내의 허락을 얻은 뒤 혼자 제주도로 갔다. '방랑강기-제주유랑단'이라는 이상한 이름의 독서 여행단은 2박 3일간 제주도의 독립 서점들을 돌아다녔고 그때 '디어마이블루'의 권희진 대표도 처음 만났다. 내가 『내향인입니다』라는 책을 왜 하필 여기서 사게 되었을까.

디어마이블루에 있는 책은 모두 권희진 대표가 직접 고른다. 출판사에 반품하는 게 미안해서 딱 200종만 판매한다고 한다. 그러므로 권 대표는 무슨 일이 있어도 이 책들을 다 팔아야 하는 것이다. 자신이 엄선한 책들이 다른 곳이 아닌 여기서 팔렸으면 하는 주인의 간절한 마음과 이곳에서 추천한 책은 왠지 더 재밌고 내 취향일 것 같다는 손님의 마음이 만났을 때 책은 기적적으로 제 주인을 찾아가는 게 아닐까. '책보다 서점이 더 예뻐야 하는 이유'는 여기에 있다. 그리고 디어마이 블루는 그런 이야기를 하기에 딱 좋을 만큼 예뻤다.

진민영의 『내향인입니다』라는 작은 에세이는 '혼자 지내는 기쁨'에 대한 책이다. 외향적인 사람이 있는가 하면, 내향적인 사람도 있는 법이다. 자신이 내향적 인간임을 당당하게 밝히고 있는 진민영은 그렇다고 내향적인 성격이 무조건 할 말을 눌러 담고 인내하는 것만은 아니라고 말한다. 낯선 사람과 말도 섞고 자신의 생각을 거침없이 표현하기도 한다. 잘 모르는 사람들 틈에 끼어 '하하 호호' 편하게 대화하고 웃고 떠들기도 한다. 다만 그런 모든 일이 끝나고 돌아가 쉴 곳은 아무도 없는 나만의 공간이어야 하는 것이다.

나는 이 부분을 읽고 단박에 진민영의 동조자가 되었다. 나 또한 밖에서는 쾌활하다는 소리를 들을 정도로 잘 웃고 대화나 발표도 잘하는 편이지만 혼자 있는 시간을 무엇보다 소중히 여기기 때문이었다. 그녀는 자기만의 시간은 외향과 내향 상관없이 삶을 살아가는 데 어느 정도 필요한 삶의 기술이라고 말한다. 물론 그녀도 외로울 때가 있다. 외로움이 다가오면 집으로 돌아가던 발길을 돌려 정처 없이 강이나 공원을 배회하기도 한다. 심지어 버스 정류장에 앉아 타야 할 버스를 몇 대씩 말없이 보낸 적도 많다는 고백에서는 철도 회사에서 역을 설계하던 다자키 쓰쿠루(무라카미 하루키의 소설 『색채가 없는 다자키 쓰쿠루와 그가 순례를 떠난 해』의 주인공)가 떠오르기도 한다. 그도 뭔가 답답한 일이 생기면 기차역에 멍하니 앉아 들고 나는 기차들을 바라보며 마음을 다스렸다.

글을 쓰는 사람에게는 혼자 있는 시간이 절대적으로 필요하다. 이 책에 있는 글 중 "혼자인 시간이 참 좋다"라는 문장을 읽어보면 진민영이 행복하다고 느낀 순간의 대부분은 홀로 보낸 시간임을 알 수 있다. 목적 없이 버스에 올라타거나 조용한 카페에서 글쓰기에 몰두할 때, 도서관에서 읽고 싶었던 책을 가득 쌓아놓고 읽을 때, 서점에서 여유 있게 책을 구경할 때, 읽은 책을 곱씹으며 정리된 생각을 노트에 차분히 써 내려갈 때 등등 책 읽고 글 쓰는 걸 좋아하는 사람이라면 누구나 공감할 만한 '혼자만의 시간'의 효용성이 잘 드러나 있다. 이렇게 자신의 내면을 드러내고 그것으로 책을 한 권 내는 일은 멋지지 않은가. 이렇게 날씬하고 가벼운 책이라면 들고 다니다 틈틈이 아무 데나 펼쳐 볼 수 있으니 더더욱 좋다.

원작이 훌륭하다고
다 좋은 영화가 되는 건 아니지만
좋은 영화·드라마의 원작은
뛰어난 경우가 대부분이다.
영상으로 봤더라도 나중에 원작을 꼭
찾아 읽어보라 권하는 이유다.

영화감독에겐
늘 좋은 스토리가 필요하다

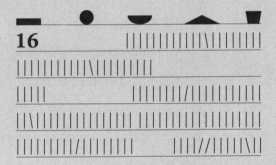

스티븐 킹 『리타 헤이워드와 쇼생크 탈출』

마거릿 애트우드 『시녀 이야기』

기욤 뮈소 『당신, 거기 있어줄래요?』

내용을 다 알고 읽어도 여전히 재밌는 원작 소설

스티븐 킹의 『리타 헤이워드와 쇼생크 탈출』

(황금가지, 2010)

●

군대 있을 때 정말 우연히 폴 슈레이더가 쓴 『택시 드라이버』
를 읽은 적이 있다. 폴 슈레이더는 영화 〈택시 드라이버〉의 시
나라오 작가인데 어쩐 일인지 그의 시나리오를 소설로 각색한
책이 세상에 존재했던 것이다. 물론 해적판이었다. 그때는 저
작권 개념이 자리 잡지 않아 홍콩의 무협 소설 대가 진용(金庸
·김용)의 『사조영웅전』, 『신조협려』, 『의천도룡기』 등의 무협지
를 번역해 수백만 부씩 팔아먹은 출판사가 승승장구하던 시
절이었으니까.

　나는 군대 가기 전에 〈택시 드라이버〉를 한 번 보았는데 내
게는 내용이 좀 어렵게 느껴졌다. 특히 주인공 트래비스 버클
(로버트 드 니로 분)이 벳시(시빌 셰퍼드 분)를 포르노 극장에
데려갔다가 비호감을 사는 장면은 도저히 이해 불가였는데 책

으로 읽으니 비로소 트래비스라는 캐릭터의 맥락이 보였다. 원작을 텍스트로 읽는 행위의 중요성을 최초로 느낀 사건이었다.

프랭크 다라본트 감독의 〈쇼생크 탈출〉을 인생 영화로 꼽는 사람들이 많다. 물론 나도 이 영화를 무척 좋아한다. 하지만 이 영화의 원작 소설인 스티븐 킹의 『리타 헤이워드와 쇼생크 탈출』을 읽고 난 뒤부터는 만나는 사람마다 영화를 봤더라도 이 소설을 꼭 읽어보라고 권한다. 물론 내 말을 듣고 고분고분 소설책 앞으로 달려가는 사람은 많지 않다. 하지만 어쩌겠는가. 나는 좋은 건 좋다고 얘기해야 직성이 풀리는 사람인데.

스티븐 킹은 공포 소설의 제왕이지만 감동적이고 신기한 이야기도 잘 쓴다. 아내와 정부 살해 혐의로 체포되어 종신형에 처해진 회계사 앤디 듀프레인은 감옥 안에서 자신의 사건에 진범이 따로 있음을 뒤늦게 알게 되지만 속수무책이다. 그렇다고 절망하고 말 것인가. 이 소설의 캐릭터 구축이 뛰어난 점은 일단 앤디가 살인자가 아니라는 사실이다. 게다가 지적이고 영리한 행동력에 결백함마저 갖추었으니 독자들은 마음 놓고 주인공을 응원할 수 있는 것이다. 감방 동료인 레드에 의하면 그는 비록 죄수지만 "언제나 넥타이를 매고 있는 것 같은" 평안하고 댄디한 인상을 준다. 그에게는 희망이 있기 때문이다. 말하자면 소설은 영화와 달리 '리타 헤이워드'라는 글자 하나만 더 붙은 게 아니다. 예를 들어 영화에서는 교도소장이 한 명뿐이지만 소설에서는 그보다 많은 인물과 시간들이 존재한다. 조그마한 록해머 하나로 교도소 벽을 파들어 가는 과정이나 앤디가 감옥 안에서 당하는 고난들도 세세하게 묘사하는 등 영화만으로는 알 수 없는 디테일들이 플롯을 더 촘촘하게 해준다. 스티븐 킹 특유의 수다스럽고도 유려한 문장들을 읽는 즐거움 또한 크다.

KBS 2FM의 〈김태훈의 프리웨이〉에서 북튜버 이시한과 북 칼럼니스트 박사가 팝 칼럼니스트 김태훈과 함께 '스티븐 킹의 사계' 시리즈 중 봄·여름 편인 『리타 헤이워드와 쇼생크 탈출』을 얘기하면서 얼마나 흥분했는지 그 열기가 지금도 생생히 기억난다. 진행자인 김태훈은 "앤디는 눈에 보이지 않는 자유라는 코트를 입고 있었고"라는 문장을 콕 짚어 인용하기도 했다.

그 사람들도 이미 영화를 몇 번이나 봤을 텐데 왜 『리타 헤이워드와 쇼생크 탈출』이라는 원작을 다시 꺼내와 이렇게 호들갑스럽게 칭찬했을까? 인생작으로 꼽을 만큼 잘 만들어진 영화일수록 원작 소설이 훌륭하다는 방증 아닐까. 주인공 캐릭터와 플롯을 이미 다 알고 읽어도 여전히 흥미진진한 소설이 진짜 '인생책'이다. 아, 그러고 보니 영화와 소설이 모두 뛰어난 작품으로 로브 라이너가 감독하고 리버 피닉스가 출연했던 〈스탠 바이 미〉도 있다. 역시 스티븐 킹의 동명 소설이 원작이고, '스티븐 킹의 사계' 시리즈 중 가을·겨울에 해당한다. 그러니까 "스티븐 킹의 '사계'는 꼭 사게"라고 하면…… 아재 개그라고 욕을 먹겠군요. 죄송합니다. 어쨌든 책은 꼭 사십시오.

드라마 방영 후 1천만 부가 팔린 소설

마거릿 애트우드의 『시녀 이야기』(황금가지, 2018)

●

2023년 1월 2일 코로나19로 확진된 후 꽤 심하게 앓았다. 병원에서 처방해 준 약을 먹고 외출을 삼간 채 캐나다 소설가 마거릿 애트우드의 『시녀 이야기』와 천선란의 『나인』을 읽었다. 『시녀 이야기』는 1985년에 나온 워낙 유명한 소설이고 드라마로도 만들어진 것도 알고 있었지만 페이지 수가 너무 많아 엄두를 내지 못하고 있다가 자가 격리 기간에 빌려 집중적으로 읽었다.

소설은 근미래의 미국에서 기독교 근본주의자들이 쿠데타를 일으켜 세운 '길리어드'라는 전체주의 국가를 배경으로 하고 있다. 정권을 잡자마자 그들이 한 일은 여성들을 직장에서 쫓아내고 개인 재산 소유를 금지시키는 것이었다. 그녀들의 돈은 같이 사는 남자의 통장으로 들어가고 여성들은 단지 아이를 낳는 기계 취급을 받는다. 한 남자의 아내이자 한 아이의 엄마였던 오브프레드도 걸어 다니는 자궁 신세가 되어 군인들의 감시 속에서 살아간다. 오브프레드라는 이름도 '프레드의 것'이라는 치욕적인 뜻이다. 여성들은 글을 읽거나 대화를 나누는 것조차 금지당하는데 이는 이슬람 근본주의자들의 모습과 흡사하다.

나는 특히 시녀의 주인인 남성들이 임신을 시키기 위한 잠자리를 가질 때 부인이 함께 와서 비슷한 자세로 성교하는 척 동작하던 장면을 잊을 수 없다. 이는 임신한 시녀가 아이를 낳을 때도 마찬가지다. 임부가 출산을 할 때 배도 부르지 않은 부인들이 옆에서 아이 낳는 진통을 연기하는 것이다. 부인들은 이런 식으로 '눈 가리고 아웅'을 연기함으로써 아이 엄마의 지위를 획득한다. 성과 가부장적 권력의 어두운 면을 파헤침과 동시에 사회 지도층의 기만을 드러내는 애트우드식의 고발이다.

이 소설을 원작으로 제작된 드라마 〈핸드메이즈 테일〉이 에미상*을 타는 등 화제가 되고 도널드 트럼프의 대통령 당선 이후 정치적 퇴행을 목격한 이들에 의해 판매가 급증하는 바람에 미국에서만 1천만 부나 누적 판매가 이루어졌다고 한다. 역사는 언제든 되풀이될 수 있다는 애트우드 작가의 경고가 사람들의 마음을 움직인 것이다. 이 밖에도 애트우드는 『눈먼 암살자』나 『고양이 눈』, 『도둑 신부』, 『그레이스』 등의 소설을 썼는데 독자들의 질문에서 아이디어를 얻어 30년 만에 쓴 『시녀 이야기』의 속편 『증언들』 역시 미국에서만 초판 50만 부를 찍었고 결국 두 번째 부커상**을 작가에게 안기는 결과를 낳았다.

마거릿 애트우드는 페미니즘 작가로도 명성이 높다. 미국에서의 미투(Me Too) 집회에서 빨간색 가운과 흰 모자를 입은 여인들이 자주 등장하는데 그게 바로 이 소설의 시녀 복장이다. 소설은 내용은 물론이고 시니컬한 유머와 위트가 곳곳에 포진하고 있어서 더욱 좋다. 마거릿 애트우드는 매년 노벨 문학상 후보에 오르는 등 요즘 가장 핫한 작가 중 한 사람이다. 노벨 문학상은 살아 있는 작가에게만 주어지기에 마음이 조급해진다. 이러다가 필립 로스처럼 그녀도 상을 받지 못하고 세상을 떠날까 봐 걱정이다.

* 에미상(Emmy Awards): 미국 방송계 최고 권위의 시상식. 미국 텔레비전 예

술과학 아카데미(ATAS)에서 설립했으며, 1949년에 초대 시상식이 개최되었다. 〈핸드메이즈 테일〉은 2018년에 에미상 8관왕을 차지했다.

** 부커상(Booker Prize): 영국에서 출판된 영어 소설을 대상으로 그 해 최고 소설에 수여하는 문학상. 노벨 문학상, 프랑스의 공쿠르 문학상과 더불어 세계 3대 문학상으로 손꼽힌다. 출판과 독서 증진을 위한 독립 기금인 북 트러스트(Book Trust)의 후원을 받아 영국의 종합 물류 유통 회사인 부커 그룹(Booker Group)의 주관으로 1968년부터 제정·시행해 오고 있다. 마거릿 애트우드는 2000년 『눈먼 암살자』로 첫 번째 부커상을 받은 데 이어 2019년 『증언들』로 두 번째이자 최고령(당시 80세) 부커상 수상자가 되었다.

영화에서는 느낄 수 없는 디테일의 쾌감

기욤 뮈소의 『당신, 거기 있어줄래요?』

(밝은세상, 2022)

●

누구나 말도 안 되는 백일몽을 꾸어본 적이 있을 것이다. '과거로 돌아가 보고 싶은 사람만 잠깐 만나고 돌아오면 얼마나 좋을까?' 프랑스 작가 기욤 뮈소가 쓴 소설 『당신, 거기 있어 줄래요?』는 이런 상상에서 시작된 이야기다. 샌프란시스코의 외과 의사인 엘리엇 쿠퍼는 악성 폐렴에 걸려 죽을 날을 받아 놓고 있는데 어느 날 한 노인에게서 과거로 돌아갈 수 있는 열 개의 황금색 알약을 받는다. 당연히 믿지 않았지만 혹시나 하고 집에 가서 그걸 먹고 잠이 들었는데 눈을 떠보니 30년 전 여자 친구 일리나와 싸우고 헤어진 그 공항이다. 예순 살의 나이에 서른 살의 자신과 조우하게 된 것이다.

기욤 뮈소의 작품을 몇 편 읽었지만 우리나라에서 영화로 만들어진 『당신, 거기 있어 줄래요?』는 읽지 않고 있다가 동네에 있는 아리랑도서관에서 충동적으로 빌려 읽었다. 우리나라에서 영화로 만들어질 정도로 제목이 익숙하지만 제목을 하도 들어서 이미 읽은 것 같은 착각을 주는 작품이기도 했다. 읽는 도중 인터넷으로 찾아보니 드라마 〈나인〉의 모티브가 된 소설인데 그땐 판권을 팔지 않아 모티브만 빌렸고 이 작품을 영화로 만들려 연락했을 때는 마침 기욤 뮈소가 배우 김윤석의 팬이라 판권 판매에 동의했다고 한다. 이 역시 우리나라 문화의 위상이 정말 높아졌다는 걸 보여주는 일이다.

'인간미 넘치는 외과 의사 주인공에게 벌어지는 시간 여행 이야기'라는 콘셉트는 영화로 만들기에 정말 좋다. 실제로 김윤석, 변요한이 출연했던 영화 〈당신, 거기 있어줄래요〉도 재밌다. 그런데도 나는 왜 굳이 원작 소설을 찾아 읽어보라고 권하는 것일까. 그것은 바로 '디테일의 쾌감' 때문이다. 소설 자체도 스피디하고 화려한 구성이라 좋지만 나는 특히 대중매체나 서브컬처를 다루는 작가의 방식이 과감하고 유치해서 좋다. 『구해줘』였던가, 그의 다른 소설에선 뉴욕의 커피숍에서 조지 클루니가 아무렇지도 않게 옆자리에 앉아 커피를 마시는 장면이 나온다. 이 소설에서도 1976년에 경찰과 얘기할 땐 〈스타스키와 허치〉라는 드라마를 농담의 소재로 쓰고 재니스

227

조플린이나 지미 헨드릭스 얘기, 스탠리 큐브릭의 기념비적인 영화 〈샤이닝〉이나 비지스의 노래 'You should be dancing'이 자연스럽게 등장한다.

한편 엘리엇 쿠퍼의 딸 앤지가 1997년에 열중하던 TV 콘텐츠는 〈프렌즈〉, 〈베벌리힐스 아이들〉, 〈사우스 파크〉 등이고 의학 드라마 〈ER〉이 최고의 인기를 구가하던 시점이었다. 그가 2006년으로 가서 만난 친구 매트의 아이팟 속엔 U2, R.E.M, 콜드플레이, 라디오헤드 등의 노래가 들어 있었다. 재밌는 건 그가 재생 목록에 이질감을 느끼다가 롤링 스톤스의 '(I Can't Get No) Satisfaction'이 여전히 들어 있음을 알고는 비로소 마음을 놓는 장면이다. 음악이나 TV 드라마 등으로 깨알같이 시대 고증을 하는 기욤 뮈소의 유머와 성실성이 믿음직스럽다.

기욤 뮈소는 젊은 날에 교통사고로 목숨을 잃을 뻔했다고 한다. 이를 계기로 삶이 얼마나 부서지기 쉬운 것인지 뼈저리게 깨달은 그는 자유로운 상상력을 허락하는 판타지 소설에 눈을 떴다. 결과는 전 세계적인 베스트셀러 작가. 『구해줘』는 프랑스 아마존 85주 연속 1위라는 판매 기록을 세웠고, 이 작품 『당신, 거기 있어줄래요?』도 세계 22개 나라에서 출간되었다. 오로지 글의 힘으로 부와 명성을 이룬 것이다.

베스트셀러 소설을 읽을 때마다 소설을 써보고 싶은 마음이 생긴다. 물론 누구나 이런 소설을 쓸 수 있는 건 아니다. 하지만 누구나 읽을 수는 있다. 더구나 해피 엔딩이다. 이미 영화를 보았더라도 책으로 한 번 더 읽어보시라. 당신의 마음속에 언제든 돌아가 즐길 수 있는 과거를 하나 쟁인다는 마음으로.

글쓰기에 관한 책은
글쓰기뿐 아니라 인생을
사는 데도 도움을 준다.
좋은 글을 쓰려면
솔직하고 성의가 있어야
하는 것과 같은 이치다.

사실은 친절한 글쓰기 선생들

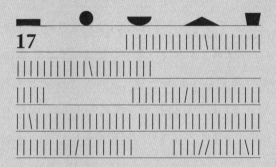

17

이성복 『무한화서』

로버트 맥기 『시나리오 어떻게 쓸 것인가』

로저 로젠블랫 『하버드대 까칠교수님의 글쓰기 수업』

거의 모든 문장에 밑줄을 치게 되는 책

이성복의 『무한화서』(문학과지성사, 2015)

●

나의 오랜 친구인 남정욱 교수가 이성복 시인을 직접 만났을 때 "학교 다닐 때 모범생들은 황지우 들고 다녔고 좀 노는 애들은 이성복 끼고 다녔죠"라는 멘트로 나름 존경을 표했다는 얘기를 듣고 부러워하며 술을 마셨던 기억이 난다. 내가 생각하기에 대한민국에서 가장 멋진 시인을 알현한 그 친구는 얼마나 좋았을까. 그만큼 이성복 시인의 시집 『뒹구는 돌은 언제 잠 깨는가』는 충격적이었다. 오죽하면 시인 박남철은 그의 시집을 처음 발견하고 충격을 받아서 송창식의 '가나다라'라는 노래를 들었을 때보다 더 놀랐고 급기야 아무도 그 엉터리 시집을 읽지 못하게 서점에서 훔쳐 나왔다는 내용의 시를 썼을까.

그런 이성복 시인이 대학원에서 강의한 시 창작 수업 내용을 정리한 시론집 『무한화서』를 냈다. 시인이 보여준 새로운 표현 방법이나 언어 사용의 엄격함 때문인지 나는 막연하게 그의 성격이 굉장히 날카롭고 까다로울 것이라는 선입견이 있었는데 『무한화서』를 읽어보니 전혀 그런 사람이 아니었다. 어떻게 하면 초보자도 시에 쉽게 다가갈 수 있는지, 또 글을 쓰려면 어떤 마음을 먹어야 하는지 등등을 친절하고도 사려 깊게 알려주는 따뜻한 책이었다.

그냥 머릿속에 지나가는 생각들을 적어보세요. 쉽게 쓰는 것이 지름길이에요. 거창하게 인간의 운명에 대해 얘기할 것 없어요. 그런 건 내가 안 해도 벌써 다 나와 있어요. 그냥 우리 집 부엌에 숟가락이 몇 개인지만 쓰세요.

나는 이 부분을 읽고 무릎을 쳤다. 글을 쓰려고 백지를 펴놓거나 빈 문서창을 띄워놓는 순간 머릿속이 백지처럼 하얘지는 걸 한 번씩은 경험해 봤을 것이다. 그런데 시인은 어려운 얘기는 집어치우고 부엌에 있는 숟가락 젓가락 숫자처럼 사소한 얘기부터 써보라고 하지 않는가. '서재'와 '책' 대신에 '서재'와 '팬티'를 연결하는 말도 기가 막힌다. 너무 뻔하게 연상되는 것끼리 연결하기보다는 성격이 판이한 딴판인 것들이 만나야 재미가 생긴다는 이 말은 "크리에이티브란 전혀 상관없는 A와 B가 만나 새로운 C가 되는 것"이라고 했던 스티브 잡스의 이야기와 일맥상통한다. 이처럼 이 책에는 글쓰기에 필요한 조언과 예시는 물론이고 우리가 살아가면서 알아야 할 삶의 진리들까지 아주 쉬운 시인의 입말로 쓰여 있다.

전국에 있는 크고 작은 도서관으로 글쓰기 강연을 하러 갈 때마다 빼놓지 않고 이 책을 추천했으니 모르긴 몰라도 수백 번 넘게 "이 책을 사서 머리맡에 놓고 자라"라고 외쳤을 것이다. 지금 이 글을 쓰려고 새삼 책장에서 다시 꺼내 읽어봐도 여전히 통찰력 있는 내용들이 눈에 쏙쏙 들어온다. 말단을 건드리면 본체는 따라오게 되어 있다면서 '오사마 빈 라덴을 잡을 때 그 비서진의 행선을 추적했다'는 일화를 들어주는 건 이성복 시인이 얼마나 실생활에서 글쓰기의 진리를 찾아내는 데 능한가를 알려준다.

곁가지가 있어야 이야기가 풍성해진다, 하고 싶은 이야기만을 위해 달려가는 글은 재미없다, 그런 글의 극단은 아포리즘이니 '아포리즘의 유혹'을 조심하라고 시인은 충고하는데 정작 이 책이 아포리즘으로 이루어져 있다는 점도 즐거운 아이러니다. 나는 세상에서 이렇게 쉽고 정다운 아포리즘의 향연을 본 적이 없다. 또 다른 시론집인 『극지의 시』에서도 이런 친절한 메타포의 향연은 계속된다. 그중에서 기억나는 건 "글쓰기란 석유통에서 석유를 따라 옮기는 것과 비슷하다"는 대목이었다. 처음에 호스를 입에 물고 석유를 빨아들이지만 어느 순간 압력의 차이 때문에 석유가 저절로 쏟아지는 것처럼 글쓰기도 처음에 자신이 시작하는 것 같지만 나중엔 글이 글을 쓰게 된다는 것이다.

글을 쓰거나 안 쓰거나 우리는 망하게 되어 있다는 시인의 말에 웃음을 지었다. 글을 통해 우리가 깨닫는 건 세상에서 위로받을 수 있는 것은 아무것도 없다는 확인뿐이라는 것이다. 시인의 이런 비관주의는 인생을 먼저 살아본 자의 여유에서 나오는 것이다. 그러므로 우리는 거창한 것보다는 디테일에 신경을 쓰며 살자. 마지막으로 인용하는 시인의 아래 문장을 등대 삼아서.

어떤 사람의 인생도 파란만장이에요. 그런데 기대했던 얘기가 재미없는 건 디테일이 빠져 있기 때문이에요. 에피소드를 무시하면 인생 전체를 무시하는 거예요. 디테일 없는 빤한 알레고리를 사용하지 마세요. 그러면 이야기가 두 쪽 나요.

할리우드 시나리오 닥터가 털어놓는
글쓰기 비법들

로버트 맥기의 『시나리오 어떻게 쓸 것인가』(민음인, 2018)

●

분명 A4 용지 한 장 넘게 쓸 수 있을 것 같았는데 몇 줄만 써지고 글이 더 이상 나가지 않았다. 고민과 번민을 거듭하다가 내가 가진 글쓰기 책 중 가장 두꺼운 놈을 골라 읽기 시작했다. 로버트 맥기의 『STORY』인데 우리나라 번역본의 제목은 '시나리오 어떻게 쓸 것인가'이다. 로버트 맥기가 할리우드의 유명한 시나리오 닥터이기 때문에 이런 제목을 붙인 것은 잘한 일이란 생각이 든다.

내가 당장 시나리오를 쓸 일은 없지만 할리우드에서 수십 년간 이야기를 만들고 남의 이야기에 훈수 두는 일로 먹고산 사람이 쓴 책이라면 글쓰기에 대한 교양 삼아서라도 읽어둘 만하지 않겠는가. 로버트 맥기는 이야기라는 것은 한마디로 "균형을 찾기 위한 인간의 행위"라고 말한다. 인생의 균형이 깨진다, 인간은 균형을 되찾기 위해 온갖 방해 세력이나 사건에 맞서 고군분투한다……. 인류가 이야기를 통해 수천 년간 설명하고 납득시켜 온 것이 바로 이것이라는 것이다. 인생은 혼란스럽고 고통스럽고 헷갈린다. 그래서 스토리텔러들은 이야기를 발명했다. 무엇이 가치 있는 삶인가? 영화든 소설이든 논픽션이든 모든 이야기는 자신의 삶을 이해하기 위한 장치다.

우연히 헌책방에서 반값에 구입한 이 책을 자주 들춰 보는 이유는 글이 안 써져서 빈 A4 용지가 운동장만 하게 보이거나 랩탑의 껌뻑이는 커서가 야속하게 나를 비웃는 것 같을 때마다 내게 용기를 주기 때문이다. 로버트 맥기는 "영화의 첫 장면이나 소설의 첫 장이 시작될 때마다 자극적인 사건이 완벽하게 구성된 뒤에 나오는 것은 아니다"라고 말한다. 어떤 사건 자체가 매혹적이라면 그걸 그대로 이야기의 시작으로 꾸며도 좋다는 것이다. 예를 들어 〈죠스〉는 '상어가 수영하는 사람을 잡아먹는다, 보안관의 시체가 발견된다'가 사건의 시작이고, 〈크레이머 vs. 크레이머〉는 '부인이 남편과 아들을 두고 집을 나섰다'가 이야기의 시작이다. 특이하거나 고급스럽게 한답시고 괜히 엉뚱한 얘기를 꺼내거나 치장할 필요가 없다는 것이다. 그 글을 읽고 생각해 보니 내가 좋아했던 가네시로 가즈키의 『영화처럼』이나 스티븐 킹의 『리타 헤이워드와 쇼생크 탈출』도 "내가 어렸을 때 이런 친구들이 있었는데……"라는 평범한 문장으로 시작하고 있었다.

그렇다면 어떤 이야기가 잘 팔릴까. 로버트 맥기는 "상업적인 성공을 위한 모범 사례와 절대 안전한 이야기의 모델이 존재하고 있다는 믿음은 어처구니없는 것이다"라고 말한다. 그러면서 그 증거로 〈레이더스〉, 〈한나와 그 자매들〉, 〈현기증〉, 〈8과 1/2〉, 〈페르소나〉, 〈라쇼몽〉, 〈모던 타임즈〉, 〈전함 포템킨〉 등 수많은 걸작 영화를 열거하며 모든 뛰어난 시나리오는 이렇게 저마다 완전히 다르지만 공통된 결과를 만들어낸다고 속삭인다. 그것은 관객들이 극장을 떠나면서 이렇게 소리치는 것이다. "야, 정말 대단한 이야기야!"

"맛있는 케이크에는 정확한 조리법이 있지만 성공적인 영화를 위한 시나리오의 조리법이란 존재하지 않는다"라는 그의 말은 언제 읽어봐도 얄밉도록 정확하다. 예전에 밑줄 쳐놓은 곳들을 뒤적이다 갑자기 맨 마지막 챕터로 가보았다. '맺음말' 부분에서 로버트 맥기는 예전에 아버지가 해준 '노래기 이야기'를 들려준다. 다리가 아주 많은 노래기의 일사불란한 발걸음에 반해 버린 새들이 칭찬을 거듭하며 '어떻게 하는 거냐'라고 묻자 노래기가 난생처음 자신의 다리들에 대해 생각을 해본다. '도대체 어떻게 하더라……' 노래기가 돌아보려 몸을 틀자 다리들이 당황해서 엉켜버렸다. 급기야 그는 나무에서 떨어진다. 로버트 맥기는 잘하던 짓도 관객이나 다른 사람을 의식을 하는 순간 어렵게 된다면서 너무 많은 생각을 하지 말고 그냥 한 줄 한 줄 시간 날 때마다 글을 쓰고 책을 읽으라고 말한다. 그리고 겁이 나더라도 감행하라고 부추긴다. 작가에게 상상력과 기술보다 더 많이 요구되는 것은 용기라고 말하면서. 거부, 비웃음, 실패를 무릅쓸 수 있는 용기 말이다. 나는 로버트 맥기처럼 진심으로 후배들을 위해 주는 선배가 좋다. 그의 말에 위로와 용기를 얻는다.

이 책은 600페이지가 넘는다. 두껍다. 하지만 차례대로 읽을 필요가 없다. 중간 어디를 펼쳐도 이야기와 글쓰기에 대한 통찰이 쏟아지니 말이다. 그래서 이런 책이야말로 돈을 주고 사서 소장해야 한다고 설파하고 다닌다. 책장 안에 들여놓는 순간 몇 달 치 양식을 쌓아놓은 것처럼 뿌듯해질 것이라고 장담한다.

기대하지 않았던 책이 대박인 경우

로저 로젠블랫의 『하버드대 까칠교수님의 글쓰기 수업』

(돋을새김, 2011)

●

성북동 아리랑도서관의 글쓰기 책을 모아놓은 서가에서 발견한 책이다. 하버드대 최연소 지도교수가 된 저자가 글쓰기 수업을 하면서 있었던 이야기를 쓴 책인데 일단 '까칠교수님'이라는 경박한 워딩부터 마음에 안 들었다. 책 제목에서 하버드대학을 팔아먹는 것도 너무 통속적인 데다 몇 장 넘겼는데 '갈굼'이나 '다구리' 같은 비속어를 쓰는 번역도 믿음직스럽지 않았다.

그러다가 "이야기는 사람의 핵심입니다"라는 명제와 함께 O. J. 심프슨이 무죄를 받게 된 이유는 "배심원들이 검사의 말보다 변호사의 말을 선호했기 때문"이라는 그의 설명에 나는 매료되고 말았다. 이어지는 "최고의 이야기를 하는 정치가가 이긴다"는 그의 말에 신뢰를 느낀 것이다. 로저 로젠블랫 교수는 각계각층에서 모인 열두 명의 학생을 앉혀 놓고 글쓰기를 하는 게 어떻게 인생을 바꾸어주는지에 대해 얘기한다. 폴란드의 게토 마지막 날 유대인들이 자신이 죽을 것을 알면서도 종잇조각에 이야기를 써서 돌돌 말아 금이 간 벽 틈에 숨겨놓은 얘기는 너무 짠하다. 졸지에 사지가 마비된 장 도미니크 보비에는 왼쪽 눈꺼풀만 껌뻑이는 방법으로 알파벳 신호를 보내 『잠수종과 나비』를 썼다. 글을 쓰는 사람은 본질적으로 『모비딕』의 이슈마엘 같은 존재다.

로젠블랫은 같은 단어를 피하라거나 되도록 단문을 쓰라는 말도 일종의 미신이라는 것을 알려준다. 잘 읽히고 의도가 잘 전달되는 글을 쓰는 것이 먼저일 뿐 이런 규칙들은 큰 의미가 없다. 그는 또한 좋은 독자가 좋은 작가가 된다는 점을 구체적인 예를 들어 설명한다. 그가 떠올리는 수많은 작품과 작가 리스트를 따라 읽어 내려가다가 내가 좋아하던 작가 앤 타일러나 J. D. 샐린저의 『아홉가지 이야기』에 실린 단편 「바나나피시를 위한 완벽한 날」을 콕 짚어 설명할 땐 탄성을 질렀고, 〈하버드대학의 공부벌레들〉에서 존 하우스먼이 연기한 킹스필드 교수를 따라 해보다가 실패했다는 얘기할 때는 원작 소설만큼 뛰어났던 영화를 추억했다.

"최고의 작가를 보면 모든 것이 너무 쉬워 보여요"라는 학생의 푸념에 그는 "글쓰기에 있어서 진정한 쉬움은 우연이 아니라 기술에서 비롯된다. 춤을 배운 이들이 가장 쉽게 움직이듯이"라는 알렉산더 포프의 말을 들려준다. 내가 평소 생각하던 글쓰기를 한 줄로 요약해 주는 말이 아닐 수 없다. 그는 교실에 모인 학생들에게 독설을 퍼부으면서도 글을 쓸 수 있도록 격려한다. 그 방법은 그들이 서로의 독자임을 상기시키는 것이다. 글쓰기 교실에 온 이상 세상의 다른 독자들을 염두에 둘 필요가 없다. 이 교실의 독자만 의식하며 글을 쓰면 된다. 이는 아내와 내가 진행하고 있는 글쓰기 워크숍의 모습과 똑같다. 워크숍에 온 사람들은 처음엔 자신이 무슨 글을 써야 할지 몰라 방황하지만 찬찬히 이야기를 나누고 기획과 라이팅 과정을 거치면서 새로운 인생을 살게 된다. 신기하게도 글쓰기를 하면 인생이 바뀐다. 그것도 언제나 좋은 쪽으로.

나는 이 책을 읽으면서 제임스 조이스의 단편집 『더블린 사람들』 중 「진흙」이라는 작품에 흥미를 가지게 되었고 러셀 뱅크스의 『달콤한 내세』라는 책의 존재도 알게 되었다. 또 윌리엄 포크너의 『소리와 분노』라는 책의 제목이 셰익스피어의 『맥베스』 5막 5장에서 나왔다는 것도 이 책이 아니었으면 몰랐을 것이다. 처음엔 마음에 들지 않았지만 선입견을 이겨내고 읽었더니 의외로 좋은 책이다. 2011년에 초판을 찍은 책인데 아마 도서관에나 가야 찾을 수 있을 것이다. 그래도 꼭 찾아 읽어보시기 바란다. 로젠블랫 교수와 학생들이 티격태격하는 모습을 상상하는 것만으로도 흐뭇한 미소가 지어질 테니까.

지금 읽고 싶은 책을 먼저 읽으십시오

*

이 책의 원고를 쓰는 내내 한밤중에도 새벽에도 한옥 마루에 있는 책꽂이 앞에서 혼자 서성였습니다. 어떤 책을 소개해야 좋을까 매일 바뀌는 생각들과 싸웠던 거죠. 제가 소개하는 책들은 세상에 이미 존재하거나 지금도 계속 쏟아져 나오는 새 책들에 비하면 너무 적은 분량입니다. 그럼에도 불구하고 개인적으로 좋아하는 작가나 책들을 소개하는 것은 의미가 있다고 생각했습니다. 어차피 취향도 큐레이션도 개인적인 선택에서 출발하는 것이니까요. 그리고 혹시라도 이 책 덕분에 '책 읽는 기쁨'을 다시 찾는 분들이 생긴다면 얼마나 기쁜 일이겠습니까.

사람들은 왜 이렇게 책을 읽지 않게 되었을까 궁금해하다가 대학로 동양서림에서 한병철의 『서사의 위기』를 만났습니다. "스토리, 즉 정보는 끊임없이 등장하는 다음 스토리로 대체되어 사라지고 말지만 서사는 나만의 맥락과 이야기를 다루기에 그 자체로 삶이 될 수 있다"는 내용이 제 눈길을 붙잡았습니다. 우리가 스마트폰으로 숏폼을 몇 시간씩 봐도 기억에 남지 않는 이유는 '서사가 없어서'입니다. 서사를 제대로 경험하려면 책을 읽는 수밖에 없습니다. 그런 깨달음이 오자 "정보와 지식의 가장 큰 차이는 이야기로 만들 수 있느냐 없느냐"라는 발터 벤야민의 문장도 새롭게 다가왔습니다. 재미도 있고 의미도 있는 지식들은 역시 책 속에 있음을 다시 확신하게 된 거죠. 저는 제가 좋아하는 책들부터 자신 있게 추천하기로 마음먹었습니다.

초고를 읽어본 편집자는 어떤 꼭지는 책 소개가 너무 짧지 않으냐며 글의 양을 좀 더 늘리는 게 어떠냐고 넌지시 권했지만 저는 거절했습니다. 이유는 제가 쓴 글은 평론이나 리뷰가 아니라 읽어서 좋았던 책들을 소개하는 것이기 때문입니다. 그러니까 길게 쓰거나 일정한 길이로 쓰지 않아도 독자들이 제가 거론한 책에 호의를 느끼고 서점이나 도서관으로 달려간다면 더 이상 바랄 게 없는 것입니다.

우연히 들춰 본 책이 김인환의 『타인의 자유』였는데 거기에 놀랍게도 '어떤 책을 읽어야 하느냐'라는 질문에 대한 답이 나옵니다. 작가의 답은 단순 명쾌했습니다.

"지금 읽고 싶은 책을 읽어라."

그 순간 저에겐 그 문장이 이렇게 들리더군요. '지금 소개하고 싶은 책에 대해 써라.' 그래서 마음이 시키는 대로 했습니다. 제가 소개한 책은 이 책을 쓰며 떠오른, 살면서 가장 제 마음을 울렸던 작품들입니다. 당신이 책을 읽고 싶어졌는데 뭘 읽어야 할지 막연하거나 애매할 때, 또는 시간이 없을 때 이 책을 통해 도움을 받는다면 기쁘겠습니다. 이미 읽은 적이 있는 책이더라도 이 책에서 다뤘다는 이유로 다시 책꽂이에서 꺼내거나 조금 다른 시각으로 그 책을 바라봐 주신다면 영광이고요.

지금 읽고 싶은 책부터 먼저 읽으십시오. 아무리 좋은 책이라도 당신이 읽지 않는다면 세상에 없는 책이나 마찬가지니까요.

읽 는
기 쁨

내 책꽂이에서 당신 책꽂이로 보내고 싶은 책

초판 1쇄 발행 2024년 5월 10일

초판 3쇄 발행 2024년 5월 20일

지은이 편성준

펴낸이 안지선

디자인 석윤이

교정 신정진

마케팅 타인의취향 김경민, 김나영, 윤여준

경영지원 김민선

제작처 상식문화

펴낸곳 (주)몽스북

출판등록 2018년 10월 22일 제2018-000212호

주소 서울시 강남구 학동로4길15 724

이메일 monsbook33@gmail.com

© 편성준, 2024

이 책 내용의 전부 또는 일부를 재사용하려면
출판사와 저자 양측의 서면 동의를 얻어야 합니다.

ISBN 979-11-91401-85-1 03810

mons (주)몽스북은 생활 철학, 미식, 환경, 디자인, 리빙 등 일상의 의미와 라이프스타일의 가치를 담은 창작물을 소개합니다.